ein
ziltener.com Buch

Der Autor

Mario Ziltener, am 12. Mai 1973 in St. Gallen, Schweiz, geboren, begann schon als Primarschüler zu schreiben. Aus anfänglich kurzen und widerwillig geschriebenen Aufsätzen wurden bald schon Geschichten, welche die Lehrkräfte erstaunten. So erschien im März 2001 sein Erstlingswerk »Als ich Dich vermisste«, ein knappes Jahr darauf »Flucht von der Hudson Bay« und mit dem nun vorliegenden Pilotband zur Serie Kommissar Bitterli legt er sein drittes Werk vor.

Das Buch

Martin Bitterli ist enttäuscht und hin- und hergerissen zwischen der offiziellen Version der Behörden und seiner eigenen Sicht der Dinge. Als Sohn seines Vaters sieht er es als seine Aufgabe, den Umständen seines Todes auf den Grund zu gehen. Mit diesem Versprechen legt er den Grundstein zu seiner wirklichen Berufung und als er den Fall schliesslich aufklärt, ist ihm die mediale Aufmerksamkeit sicher.

Warnung

»Dorfleben«
Pilotband zur Kommissar Martin Bitterli Reihe

Titelbild & Umschlag: Mario Ziltener
Lektorat: Jules Müller, Kirchdorf/AG
Satz: Garamond Premier Pro

Copyright:
© 2012 Mario Ziltener & www.ziltener.com,
Alle Rechte liegen beim Autor

Herstellung & Verlag:
BoD™ – Books on Demand, Norderstedt
Printed in Germany
ISBN: 978-3-8482-0686-5

Bibliografische Information der Deutschen Nationalbibliothek:
Die Deutsche Nationalbibliothek verzeichnet diese Publikation in der
Deutschen Nationalbibliografie; detaillierte bibliografische Daten sind
im Internet über http://dnb.d-nb.de abrufbar.

Mario Ziltener

»Dorfleben«

Pilotband zur Kommissar
Martin Bitterli Reihe

ein ziltener.com Buch

Personenverzeichnis

Martin Bitterli

Kommissar, der in die Stadt zieht, gelernter Bankkaufmann,
verlor seinen Vater durch einen Suizid

Peter Bitterli

Viehhändler und Martins Vater, der gerne an Spielabenden
dienstags im Wirtshaus teilnahm, wird tot aufgefunden

August Vollenweider

Lokaler Ermittler der Polizei, Nervensäge und Landsheriff
in einem

Pius Aegerter

Fand den toten Bitterli senior und steht deswegen unter
Mordverdacht

Hannes Aegerter

Postbote der Region und Pius' Bruder

Pfarrer Gründler

Hat das Mandat bei der Trauerbegleitung der Familie
Bitterli und weiss mehr, als er zugibt

Lucinda Espinal
Haushalthilfe des Pfarrers

Urs Hablützel
Finanzvorstand der Gemeinde und faktisch Alleswisser

Seraina Weber
Mitinhaberin und Geschäftsführerin des viel zu kleinen
Dorfladens

Othmar Karrer
Leichtgläubiger Vorzeigekatholik und Sakristan der
Dorfkirche

Kurt Bornhauser
Wirt in der Sonne

1

Die letzten Kisten zu füllen, war die mühseligste Arbeit. Der Kopf hatte sich schon lange verabschiedet. Ein Umzug war auch nicht keine richtige Kopfaufgabe. Zumindest nicht in der endgültigen Ausführung. Die Planung war da natürlich etwas anderes. Diese hatte ich minuziös, ja sogar generalstabsmässig ausgeführt. Alle Räume wurden Farben zugewiesen, der Inhalt der Kisten fein säuberlich aufgelistet und zuletzt kamen dann noch Ziffern auf die Kisten. Die Ziffern sollten die Priorität anzeigen. Damit beim ebenso nervigen Einräumen wenigstens alles an seinem Ort war, wenn es benötigt wurde. Nicht, dass die Lappen, um die Schränke auszuwischen erst nach dem zu verstauenden Inhalt gefunden würden. Zu oft hatte ich das schon erlebt. Wer umzieht, zeigt seinen Helfern zuerst einmal sein Innerstes, seinen Seelenzustand. Genau das wollte ich immer verhindern, ein Kommissar soll nicht lesbar sein – zu keinem Zeitpunkt. Nicht mal in letzter Sekunde vor dem Traualtar soll die Gesellschaft wissen, ob er jetzt doch noch abspringen würde oder nicht. Diese Gabe kann Leben retten, oder zumindest Geständnisse.

Meine Gedanken schweiften ab, weg von der Umzieherei, hin zu philosphischen Gedanken. So fragte ich mich in just diesem Moment, ob ich diesmal nun meine Bestimmung gefunden hatte oder ob es wieder nur ein Steg im Fluss des Lebens sein würde. Unbeantwortbar, in diesem Augenblick wenigstens.

Ich wandte mich wieder meinen Kisten zu. Die letzten Dinge aus der Küche wollten verstaut sein. Ich griff nach den verbliebenen Spaghetti im Schrank und legte sie auf die Tetrapaks mit Kokosmilch. Im Radio spielten sie gerade „Runaway" von Bon Jovi. Passend irgendwie. Hier hatte mein berufliches Leben keine Zukunft, obwohl ich mir viel ausgemalt hatte, kam es anders. Ein klein wenig mischten sich melancholische Elemente unter meine Achterbahn fahrende Stimmung, dennoch wippte mein Körper zur Melodie des Achtziger-Jahre-Kommerz-Hardrocks.

Der Schrank leerte sich rasch und ich verschloss die letzte Schachtel straff mit dem alten Klebeband, dessen Leim sich schon in seine Bestandteile auflöste. Als ich es endlich geschafft hatte, stellte ich die letzte Kiste auf den leeren Küchentisch und wandte mich der Tür zu. An den Türrahmen gelehnt, schaute ich zurück in den nun leeren Raum, in dem sich viele wichtige Momente meines Lebens abgespielt hatten. Ich war mir bewusst, nicht nur ein Haus, sondern einen Teil meines Lebens zurückzulassen. So wichtig war mir mein Elternhaus, das ich trotz Zweifeln und Schuldgefühlen als Letzter verlassen würde. Wenigstens konnte ich das noch aus eigenem Willen und auf meinen eigenen Beinen tun. Mein Vater hatte sich damals mit seinem uralten Karabiner aus der Zeit des ersten Weltkrieges im Waldstück hinter dem Haus erschossen. Flucht nach vorn, wie er es, im bei der Leiche aufgefundenen Abschiedsbrief, schrieb.

Verzweiflung, wie es der Rest der Familie und Feigheit, wie es der Dorfpfarrer am Stammtisch nannte. Der alte Säufer. Sonntags im weissen Messegewand, abends, wenn sich die Dunkelheit an die Häuser des Dorfes schmiegte, war seine Weste nicht immer ganz so weiss. Frauengeschichten zogen sich wie eine rote Linie durch das Dorf, begleitet von durchzechten Nächten und wenn man den Gerüchten Glauben schenken wollte, dann waren da auch regelmässige Koksparties im Pfarrhaus, auf denen sich einige gestandene Leute aus der ganzen Umgebung trafen; getarnt als biblischer Singkreis. Kein Fettnäpfchen liessen sie aus, jene ach so verehrten Vertreter der katholischen Kirche und ihre treuen Wegbegleiter. Das einzige, was noch fehlte, waren Übergriffe während den Jugendlagern. Vielleicht würde das später noch ans Tageslicht kommen, wer weiss.

Bilder aus glücklichen, längst verflossenen Familienzeiten zogen an mir vorbei und es war, als blickte ich auf eine Leinwand, an welche alte Stummfilme projiziert wurden. Stationen aus meinem noch jungen Leben, die geprägt hatten. Ich sah Momente wie das Aufklärungsgespräch, bei welchem meine Mutter hilflos versuchte, mir die Sexualität zu erklären, unwissend, dass ich mehr darüber wusste, als sie jemals erfahren hatte; Zeugnisgespräche mit einem wildgewordenen Vater, Szenen von unzähligen Abendessen in der Winterzeit, begleitet von Düften, die ich mir einbildete zu atmen. Da war die Mischung von Blutwurst- und Lebkuchenduft; mit Gewürznelken besteckte Orangen – alles Momente der bei uns immer künstlich glücklichen Vorweihnachtszeit. Da war auch Grossmutter, die uns ab und an Selbstzufriedenheit und innere Ruhe bringen wollte, indem sie uns Lieder aus ihrem abgewetzten Kirchengesangsbuch mit gebrochenem Buchrücken vorsang. Nie hatte sie bemerkt, dass niemand zuhörte. Ihre Stimme hatte das Potenzial, einen subjektiven Tinnitus durch ein Schalltrauma auszulösen. Es bedurfte einer guten Strategie, sich davor schützen zu können. Damals konnte ich mich noch darauf berufen, Hausaufgaben machen zu müssen.

Das Kopfkino zeigte mir noch einige weitere Szenen, als wäre es das oberste Ziel, mich vom Abschied fernzuhalten und den bevorstehenden Verkauf des Elternhauses zu verhindern. Nach der Klärung meines ersten Falles hatte ich kein Leben mehr in der Dorfgemeinschaft und ich konnte nur noch eines tun: wegziehen. Dies, obwohl ich allen die Augen geöffnet und ihnen gelehrt hatte, was der Begriff ‚vertrautes Dorfleben‘ wirklich hiess.

»Bitterli, können wir mit dem Verlad beginnen?«, wurde meine gedankliche Zeitreise abrupt unterbrochen.

»Schaut einfach auf die Farben und Ziffern, die Küche zuletzt«, antwortete ich.

Der Ausblick aus dem Küchenfenster würde mir fehlen, das wusste ich bereits, wenn auch gleich das eines der wenigen Dinge war, das mir mit Sicherheit fehlen würde.

2

Mein Abschied vom Dorf begann genau genommen schon vor mehr als sieben Jahren. Damals mit dem Suizid meines Vaters. Ich erinnere mich noch gut an jenen Tag, Ende Mai. Es war kurz nach meinem achtzehnten Geburtstag. Wir hatten uns zum Spielen verabredet und wollten Räuber und Gendarm spielen, drüben im Wald hinter dem Haus. Das taten wir oft, es war wie ein Brauch aus der Kindheit, den wir ins Jetzt hinüber retten wollten. Das war ideales Gelände dafür. Es gab Hügel, Dickicht, einen Bach mit Sandbänken, die wir als Feuerstellen nutzten und sogar einen kleinen Wasserfall. Wie immer wollten wir alleine sein, herumtollen, Musik hören und dann den Nachmittag mit Würste braten und baden beim Wasserfall beenden. Jugendliche Freiheit und Abenteuer. Das daraus nichts werden würde, bemerkten wir schon bald. Gleich hinter dem Eingang in den Wald verlief der Weg in einer sanft geschwungenen Kurve, die sich an eine Lichtung anschmiegte, welche von mittelgrossen Tannen begrenzt wurde. Durch diese Bäume war die grosse Wiese mit ihren wunderschönen Blumen und dem wohlriechenden, kniehohen Gras nicht direkt vom Weg her einsehbar. Vorsichtig schoben wir die Äste zur Seite und begaben uns auf die Wiese, wo wir die Gruppen für das bevorstehende Spiel bilden wollten. Aegerter entfernte sich von der Gruppe um sich zu erleichtern, als er plötzlich stolperte. Er trat nach dem vermeintlichen Ast, hielt dann aber inne, sagte gar nichts und änderte seine Farbe von Zartrosa nach Weiss und versteinerte – in Sekundenschnelle.

Er rang nach Luft und seine Worte hallen noch heute in meiner Erinnerung wie das zu laute Reden in einer grossen Kathedrale.

»Bitterli... Bitterli«, stammelte er immer wieder und sah zu Boden.
»Was denn, hier bin ich; ich wähl dich sicher nicht in meine Gruppe, will ja nicht verlieren!«, witzelte ich.

Aegerter aber sagte gar nichts, sah weiter nur zu Boden und stammelte immer weiter und genauso abwesend vor sich hin:

»Bitterli....Bitterli..«

Es wurde uns allen klar, dass er ein Problem zu haben schien und als wir zu ihm hinüber geeilt waren, sahen wir auch genau, was sein Problem war. Direkt vor seinen Füssen, halb zugedeckt vom kniehohen Gras, lag mein Vater, einen Karabiner in der Hand und eine riesige Wunde klaffte an seinem Kopf. Ehrlicherweise musste man sagen: Sein ganzer Kopf war eine Wunde, die nicht ohne weiteres erkennen liess, dass sie mal ein Kopf war. Gelähmt standen wir alle da, ein unwirkliches Bild, zehn Jungs und eine Leiche an einem Mittwoch Nachmittag im Wald. Irgendwoher drangen die Rufe eines Vogels zu uns herüber, aber sonst war es still. Totenstill. Trotz des beklemmenden Ekelgefühls konnten wir uns nicht abwenden und unser aller versteinerter Blick klebte richtig an dem scheusslichen Bild.
Irgendwann dann, setzten sich meine Beine in Bewegung, sie setzten immer wieder einen Fuss vor den anderen, völlig automatisch. Den Kopf auf kein bestimmtes Ziel programmiert, machte mein Körper einfach, was der Bauch ihm befahl und der Marsch führte mich nach einer guten Stunde nach Hause, in die Küche, wo Mutter mit dem Kuchen backen beschäftigt war. So wie sie das immer tat, wenn es ein von der Kirche organisierter Anlass im Dorf in Vorbereitung war, bei dem Geld gesammelt werden sollte. Direkt unter dem Türrahmen versagten dann neben meiner Stimme auch meine Beine ihren Dienst und ich konnte mich nicht mehr bewegen.

Wie angewurzelt stand ich da, sah meine Mutter von hinten an und schwieg. Sie schien meine Blicke zu spüren, hielt inne und drehte sich zu mir um. Als ich ihre Augen sah, war mir klar, dass sie aus meinem Gesicht gelesen hatte, dass etwas Schlimmes passiert sein musste. Ohne ein Wort zu sagen, drehte sie sich um, wusch ihre Hände, streifte ihre Küchenschürze ab und kam herüber. Sie nahm mich in den Arm, drückte mich an ihre beachtliche Oberweite und schwieg. Es kam mir vor, wie wenn Stunden an mir vorüberziehen würden, dazu Bilder, die mich verfolgten und dieser süssliche Duft von Blut, vermischt von Schrotschmauch und frühsommerlich blühendem, hochgewachsenem Gras.

»Es ist schlimm, das konnte ich bereits aus deinen wässrigen Augen lesen«, brach sie dann die Stille und fragte mich dann, was geschehen war.

Sie rechnete wohl damit, dass wir im Spiel etwas Teures kaputt gemacht hatten und erwartete am ehesten meine Beichte.

Das Herz schlug mir in den Hals und die Stimme versagte. Die Stimmbänder brachten keinen Ton hervor und der Speichel in meinem Mund war plötzlich weg, wie das Wasser vor einem Tsunami. Staubtrocken wie die Wüste. Nach und nach legten sich die Symptome, die Feuchtigkeit kehrte zurück und mit ihr die Stimme.

»Er kommt nicht mehr aus dem Wald«, flüsterte ich leise während in meinem Kopf ein Film ablief, »nie wieder.«

Unfähig zuzuhören wiederholte ich mich leise, dann lauter und lauter, bis sich der Schmerz aus mir ergoss wie die gewaltige Eruption des Vulkans Eyjafjallajökull, damals im Frühling 2010.

»Was redest du da, Martin?«
»Er kommt nicht mehr wieder. Papa kommt nicht mehr, er ist gegangen. Für immer.«

Danach brach ich zusammen, die Erinnerungen an die folgenden Minuten fehlen komplett. Nach gefühlten Stunden kam ich langsam wieder zu mir, hörte einen unglaublichen Geräuschpegel, der von weit her zu mir vordrang und als ich endlich die Kontrolle über meine Augenlider wieder erlangt hatte, stellte ich fest, dass die Küche voller Menschen war, die ich teils noch nie zuvor gesehen hatte. Das machte mir Angst, mein Hals schnürte sich zu und es war schwierig zu atmen. Gerne hätte ich in diesem Moment selber losgelassen, dann wäre ich meinem Vater gefolgt. Aber das ging nicht. Kaum hatten die fremden Leute gemerkt, dass ich mich bewegt hatte, wurde es langsam still.

»Ruhe bitte, er kommt zu sich!«, hörte ich eine markante, tiefe Stimme, die trotz ihrer Bestimmtheit fast beruhigend auf mich wirkte.

Ein grosser Schatten näherte sich mir und ihm voraus wehte ein übler, fauliger Geruch, dessen Ursprung ich sogleich im Mundraum des sich über mich beugenden Mannes ortete. Eine Mischung von kaltem Rauch und Kaffee, vielleicht versetzt mit einer unscheinbaren Spur Knoblauch.

»Martin, ich bin August Vollenweider von der zuständigen Behörde und ich untersuche den Todesfall Bitterli Peter. In dieser Funktion muss ich dich befragen. Du gestattest?«

Was für eine Frage. Was sollte ich gestatten? Dass man mich in meiner tiefen Traurigkeit zu etwas befragen wollte von dem ich noch nicht einmal wirklich wusste, dass es geschehen war? Zu unwirklich war das alles. Beängstigend und fremd zugleich. Noch nie hatte ich etwas in dieser Art erlebt und ich war mir auch sicher, dass ich so ein Erlebnis nie wieder erleben wollte, sollte ich das bestimmen können. Leichen zu sehen war kein Ding, das man einfach so wegsteckt. Hatte dieser Mensch wohl schon mal eine Leiche eines Blutsverwandten gesehen? Kaum. Ich verspürte eine unermessliche Abscheu gegenüber diesem

16

Zeitgenossen, der sich Kraft seiner Funktion ermächtig sah, sich über alle menschlichen Gepflogenheiten hinwegsetzen zu können.

»Martin, hörst du mich? Würdest du mir bitte meine Frage beantworten. Es ist wichtig, dass wir darüber reden!«

Wichtig für wen, verdammt noch mal? Für mich gab es genau in diesem Moment nichts Unwichtigeres, als mich mit diesem Mann über meinen Vater zu unterhalten. Das war privat. Der Fluch war, dass ich wusste, es würde so oder so geschehen, wenn nicht jetzt, dann später. Genau das wollte ich verhindern. Mein Vater wurde mir genommen und damit musste ich jetzt sofort abschliessen, weil ich diesen Schmerz später nicht noch einmal erleben wollte. Es war mir klar, dass genau dies geschehen würde, würde ich mich zu einem späteren Zeitpunkt wieder an diesen Tag erinnern müssen, den ich am liebsten bereits gestern aus meiner Erinnerung gelöscht hätte. Dann hätte ich den Tod meines Vaters nämlich nie mitbekommen und hätte einfach in meinen Erinnerungen weitergelebt, daran glaubend, dass er eines Tages wieder kommen würde.

»Ja, ist ja gut. Ich höre Sie schon. Reden Sie nicht so laut. Und schicken Sie all diese Leute fort.«

»Das geht leider nicht. Das sind meine Kollegen, die sind aus denselben Gründen da. Dann ist da noch Pfarrer Gründler, der beauftragt wurde, sich um euch zu kümmern.«

»Das ist aber nett. Beauftragt wurde der, sagen Sie? Das würde ja heissen, dass er nicht zwangsläufig freiwillig gekommen ist. Ist er wegen dem Geld gekommen? Wer bezahlte ihn dafür und wer hatte ihn beauftragt? Abscheulich so etwas!«

So ging das Spiel hin und her und ich konnte und wollte meine Gefühle nicht verstecken. Vollenweider zog sich mit mir ins Wohnzimmer zurück und zog die Tür hinter uns zu, die er allerdings nicht ganz schloss. Durch die Glaseinlagen

in der Türe konnte ich sehen, wie im Flur draussen reger
Verkehr herrschte. Da gingen Männer hin und her, mit ihnen
immer einer meiner Freunde. Da wurde mir klar, dass auch
sie einzeln befragt wurden. Aegerter war dran, er hatte ihn
gefunden. Etwas war aber anders, Aegerter wurde von zwei
Herren flankiert, einer folgte dem Trio und einer führte die
ganze Formation an. Was hatte das zu bedeuten? Vollenweider
brachte sogleich Klarheit.

»Wir haben die mutmassliche Tatwaffe gefunden, einen
Karabiner. Mit dieser haben wir auch Hinweise auf den
möglichen Täter gefunden, da waren Fingerabdrücke in
Hülle und Fülle und die stammen alle von ein und derselben
Person. Ein Glückstreffer sozusagen. Das Labor wird uns
helfen, Rückschlüsse auf die Person machen zu können.«

»Täter?«, hörte ich mich fragen, wie in Trance.

»Erstaunt? Ja, zur Zeit gehen wir von einer Dritteinwirkung
aus. Müssen wir ja bei dem vorgefundenen Spurenbild.«

Durch die Tür konnte ich sehen, wie Aegerter aus dem Haus
geführt wurde, wiederum in einer der bereits gesehenen
Formationen. Gleich dahinter folgten alle Freunde, die beim
nachmittäglichen Spiel auf der Lichtung dabei gewesen
waren. Das Entsetzen stand ihnen ins Gesicht geschrieben
und keiner von ihnen verstand, was da gerade vor sich ging.
Am allerwenigsten ich, die räumliche Distanz war zu gross
gewesen, um zu verstehen was geschehen war.

»Herr Vollenweider, was ist mit Aegerter? Warum wird er aus
dem Haus geführt?«

»Wie gesagt, wir haben Hinweise auf ein Drittverschulden
gefunden und so wie es scheint, wird uns Herr Aegerter wohl
zusätzliche Fragen zu beantworten haben.«

»Was denn für welche?«

»Zum Beispiel wie es kommt, dass die aufgefundene Waffe
über und über mit seinen Fingerabdrücken versehen ist. Oder
das Blut an seiner Kleidung. Das ist jetzt aber hier nicht das

Thema. Ich diskutiere meine Arbeit zu keiner Zeit mit direkt in einen Fall involvierten Personen, man kann ja nie wissen, wo und bei wem so gewonnene Erkenntnisse landen.«

Vollenweider begann mich mit Fragen zu löchern, die ich nicht beantworten konnte. Ich hatte ja nichts gesehen, ausser Aegerter und dann die Leiche. Gehört hatte ich auch nichts, keinen Schuss, keinen Schrei nur dieses markante, Ohrenschmerz verursachende Pfeifen des Vogels. Wie konnte Aegerter ein Täter sein, wenn nicht geschossen wurde? Ich hatte die Überreste von Vaters Gesicht gesehen. Unmöglich, dass Aegerter geschossen hatte. Woher auch sollte er die Waffe gehabt haben? Er hatte ja den Weg zur Lichtung mit uns allen zurückgelegt und wenn ich mich an eines erinnern konnte, dann war es, dass mit Sicherheit keine Waffe dabei gewesen war, schon gar kein Karabiner. Komisch aber, dass es einer aus Vaters Sammlung war. Keine einzige Frage konnte ich beantworten, zu viele Lücken waren in meiner Erinnerung. Jene, die ich beantworten konnte, wollte ich nicht beantworten. Vielleicht wirkte ich dadurch suspekt, denn für jede Frage, die unbeantwortet blieb, stellte Vollenweider drei neue. Und das waren eigentlich alle. Schlau war der und gefährlich. Seine Fragerei hatte viele Fallen und es war mir völlig bewusst, dass ich höllisch aufpassen musste, um die aussichtslose Situation, in der sich der arme Aegerter oder einer der anderen befand, nicht zusätzlich noch zu verschlimmern. Meine Gedanken drehten sich immer wieder um Vater. Ich konnte nicht glauben, dass es sich um Suizid handelte und noch weniger, dass irgendeiner meiner Freunde ein Mörder war. Und wenn schon, gab es da sicherlich andere, welche sie zuerst getötet hätten. Theo Nümmerli zum Beispiel, den Mathelehrer. Der hatte nur Feinde. Eigentlich logisch als Mathematiklehrer. Wer könnte denn ein Interesse gehabt haben, meinen Vater ins Jenseits zu schicken? Gut, vielleicht war da der eine oder andere aus der Dienstags-Spielrunde im Gasthaus. Keiner von denen gab zu, jemals um Geld gespielt zu haben. Wenn ich mittwochs dann jeweils ausserordentlich Taschengeld für das Schwimmbad bekam, war mir völlig klar, dass Vater wieder gewonnen hatte am Vorabend. Eigentlich gewann er immer, er war ein schlechter Lügner. Meist versuchte er dann jeweils Mutter davon zu überzeugen, dass er einen guten Handel abgeschlossen hatte. Er vermittelte Zuchtvieh an die Bauern und darin war er der Beste der ganzen Region. Doch welcher Bauer bezahlte schon einen anständigen Preis für ein Stück Vieh? Die handelten ihn meist bis aufs Blut runter, soweit, bis er Mitleid mit ihnen hatte und ihnen das Vieh beinahe unter seinem Ankaufspreis überliess. Welcher Bauer hätte schon Interesse, so einen Lieferanten kalt zu machen? Die grossen Deals machte er ausschliesslich beim Spielen. Schon denkbar, dass er da den einen oder andern um seine Existenz gebracht hatte in all den Jahren. Das hätte ihm dann Feindschaft garantiert und mit dieser eventuell auch ein Motiv heraufbeschworen. Mein Vater war zu Hause der Beste, sonst aber Durchschnitt. Durchschnittstypen haben den Vorteil, dass sie nie auffallen. Also würde ein durchschnittlich begabter Spieler auch niemals den ganz grossen Groll auf sich ziehen.

Vollenweider durfte davon nichts erfahren, denn da waren ja noch andere angesehene Leute an den Spielabenden. Der Pfarrer Gründler zum Beispiel, andere Amtsträger wie der Gemeindepräsident und viele mehr. Brisanz war da mit dabei. Niemand wäre mir dabei direkt als dringend tatverdächtig aufgefallen.

Bald hatte ich in Gedanken das gesamte Dorf zuerst zum Mörder gemacht und gleich wieder rehabilitiert, weil die Vorstellung schlicht abwegig war. Die Wahrheit sollte sich aber nicht vor mir verbergen können und ich schwor zu mir selbst, dass ich sie finden würde, auch wenn es Jahre dauern würde. Wie ich das als gerade einmal Achtzehnjähriger überhaupt anstellen wollte, war mir nicht klar, dass es aber meine Pflicht war die Wahrheit zu finden, stand für mich ausser Frage, das schuldete ich meinem Vater und auch meinem zu unrecht inhaftierten Freund Aegerter.

Die kommenden Tage waren seelisch schwierig, hatte ich doch einen weiteren grossen Schritt in meinem Leben vor mir, jenen in den Berufsalltag. Die Abschlussprüfungen aus der Lehrzeit lagen schon Wochen hinter mir und jeden Tag konnte das Schlusszeugnis eintreffen, welches Klarheit darüber schaffen würde, wie gut die Prüfungen gelaufen waren. Hatte ich mich vor zwei Tagen noch ängstlich auf diesen alles entscheidenden Umschlag gefreut, war dieser nun eine der nebensächlichsten Angelegenheiten, die ich mir überhaupt vorstellen konnte, zumindest bis alles andere Klärung erfahren hatte.

3

Das gelbe Motorrad schleppte sich quälerisch laut die steile Strasse zu unserem Haus empor, die Landschaft dahinter in einen sanften, aber penetrant stinkenden Ölnebel tauchend, der sich unsichtbar schwer zwischen die Hügel und Bäume legte und so noch Minuten später zu riechen war. Unaufhaltsam kam das stinkende Ungetüm näher, bedrohlich wie ein Wesen aus einem Horrorfilm. Die Handflächen nässten langsam ein, der Puls ging schneller und die Atmung wurde schwerer. Das musste ein Zeichen sein! Das Zeugnis war nur noch wenige Meter von mir entfernt; damit auch die Entscheidung über mein weiteres berufliches Leben.

»Martin, Martin – ein Einschreiben für dich!«, rief mir Hannes schon von weitem zu.

Hannes war Aegerters Bruder und schloss selber gerade seine Ausbildung zum Postangestellten ab. Eigentlich war er Briefträger, aber Postangestellter hörte sich irgendwie wichtiger. Noch lieber wäre ihm der Titel Postbeamter gewesen.

»Na was bringst du mir denn Gutes? Das Zeugnis?«
»Sieht wohl so aus. Du hast sicher bestanden, du bist ja nicht auf den Kopf gefallen!«, versuchte er meine innere Unruhe zu beschwichtigen.

Noch bevor ich für den Erhalt des Umschlags unterschrieben hatte, riss ich ihn Hannes aus der Hand und öffnete ihn. Ich wandte mich von ihm ab, weil ich nicht wollte, dass er sehen konnte, ob ich bestanden hatte oder nicht. Sekunden darauf verriet meine Freude aber dieses Geheimnis so oder so. Kaum hatte sich mein Freudenfeuerwerk gelegt, erinnerte ich mich daran, dass ein Aegerter vor mir stand. Ich machte mir Sorgen. Es waren erst vier Tage vergangen, seit sie Pius mitgenommen hatten. In dieser Zeit hatte ich mich nicht um ihn kümmern können.

»Was ist mit deinem Bruder los? Haben sie ihn gehen lassen?«

»Gestern kam er nach Hause. Sie haben ihn immer und immer wieder befragt. Dabei hat er immer wieder dasselbe gesagt. Nun wollen sie anscheinend weitere Untersuchungen anstellen. Was genau, weiss ich aber auch nicht. Stumm ist er geworden, redet nicht und schliesst sich in seinem Zimmer ein, als würde er niemandem mehr über den Weg trauen, absolut traumatisiert. Er steht neben sich.«

»Was kann ich nur tun? Wir alle, die dabei waren wissen, dass er nichts getan hat. Nur glaubt uns das anscheinend niemand. Ich habe das gegenüber Vollenweider mehrfach beteuert.«

»Mach dir nicht zuviele Sorgen. Die Sache wird sich aufklären. Sie werden untersuchen und entdecken, wie falsch ihr Verdacht war. Sie werden um Verzeihung bitten müssen und Schande wird über sie kommen. Er hat nichts getan. Das Gute gewinnt letztlich immer im Leben, nur dauert das meist ein klein wenig länger.«

»Du sollst recht haben!«

Hannes überreichte mir die restliche Post und verabschiedete sich. Mit einem laut knatternden, monotonen Zweitakter-Geräusch entfernte sich der ölige Nebel nur langsam vom Hof und der Gestank blieb gar noch länger. Mein Bedürfnis, Mutter mitzuteilen, dass ich bestanden hatte, war gross und ich rannte in die Küche. Die Post warf ich auf den Küchentisch, als das Schicksal zuschlug. Die Anzeige war gross:

Ich überbrachte meiner Mutter die frohe Kunde meines erfolgreichen Abschlusses, es war die einzig gute Nachricht der letzten Tage. Für einen Moment machte die Traurigkeit der Freude Platz und liess gar wirkliche Glücksgefühle zu. Eine ganz seltsame Situation, sich mitten in tiefster Trauer enorm zu freuen. Sie freute sich, wie wenn es ihr eigener Erfolg gewesen wäre. Vielleicht war es das ja auch, wenigstens teilweise. Sie war immer schon meine Motivation gewesen, die mich antrieb, wenn es um schulische Dinge ging. Vater hatte das nie gekonnt. Bevor wir uns an den Küchentisch setzten, holte ich noch zwei Flaschen Apfelmost. Früher stand der Kasten immer im eiskalten Wasser des Brunnens, der draussen auf dem Hof unter der uralten, knorrigen Linde stand. Wir setzten uns an den Küchentisch und prosteten uns mit den Flaschen zu, setzten sie direkt an und genossen den kalten, leicht säuerlichen Saft, der einem den Durst sofort nahm. Die Küche war voller Wasserdampf, der schwer und drückend unter der Decke hing und dazu beitrug, dass uns beiden der Schweiss aus allen Poren lief. Doch all das war völlig egal, es gab nur Mutter, mich und diesen Moment. Einfach nur schön war es. Wir wünschten uns beide, dass wir die Kraft hätten, die Zeit anzuhalten, damit uns dieser Augenblick nicht entfliehen konnte.

»Wenn du wüsstest wie stolz ich auf dich bin, Martin«, sagte sie mit zittriger Stimme und wischte sich Wasser aus dem rechten Auge.

»Du warst ein Kämpfer an vielen Fronten und auch in diesen schweren Zeiten unterstützt du mich, wo du nur kannst.«

»Gehört sich das nicht so? Das sind deine Werte welche du mir von frühester Kindheit an mitgegeben hast und die ich hüte wie einen ganz wertvollen Schatz. Wenn ich mit offenen Augen durch die Welt gehe, dann weiss ich auch immer wieder warum. Genau das macht einen Menschen ja reich,

gibt Grösse und Überlegenheit, ganz ohne Arroganz und
Überheblichkeit. «

Wir hatten die Zeit vergessen, redeten und redeten und wurden
erst von der mittlerweile trockenen Pfanne unterbrochen, die
auf der heissen Herdplatte zu tanzen begonnen hatte. Mutter
schoss auf und griff sich die Pfanne, stellte sie vorsichtig ins
Spülbecken. Der Boden glühte schon leicht. Der üble Duft
von heissem Metall und angebrannten Speisen nahm uns
den Appetit. Wir hatten beide keinen Hunger mehr. Mutter
legte sich auf Vaters Sofa im Wohnzimmer ein wenig hin. So
konnte sie ihm gedanklich nahe sein, ich griff mir die Zeitung
und setzte mich draussen unter die Linde, auf den Rand des
Brunnentroges. Die Anzeige stach mir wieder ins Auge:

*Lieben Sie Abwechslung? Die Polizei sucht Sie! Werden Sie
Polizist.*

4

Hatte ich nicht genau darauf gewartet? Etwas Abwechslungsreicheres als Bankangestellter in einer ländlichen Niederlassung einer Kantonalbank? Was sich bei mir änderte, waren die Farbe der Noten, die Beträge und Währungen, ansonsten blieb alles beim Gleichen. Jeden Tag und jede Woche wieder von neuem. Dabei dachte ich an Vollenweider, wie er immer und immer wieder zu uns nach Hause kam, um mir stetig neue und zugleich immer wieder dieselben alten Fragen zu stellen: mit System, hartnäckig, zielstrebig und variantenreich. Er musste sich um das kümmern, was die Gesellschaft so hervorbrachte. Das konnte mit Sicherheit ganz schön schaurig sein, ohne Frage, aber auch faszinierend. Die Sonne wärmte meinen Rücken, ob das wohl ein Zeichen sein sollte? Meine Ohren wurden taub und ich driftete ab in meine Gedankenwelt, sah meinen Vater wieder vor mir, wie er lachte, wie wir gemeinsam am See sassen, um zu angeln, glückliche Stunden an der Landwirtschaftsmesse in St. Gallen, wo wir uns jedes Jahr den Bauch mit den berühmten Olma-Bratwürsten füllten. Das letzte Bild war immer wieder die schauerliche Wunde. Für mich war klar, dass es niemals ein Suizid war, der mir meinen Vater genommen hatte. Er war weder feige noch lebensmüde. Im Dorf gab es zwei Lager, jenes das an einen Mord und das andere, das an einen Suizid glaubte. Die Mehrheit im Dorf hatte sich bereits auf Suizid festgelegt. Ich wollte dies nicht glauben und setzte daher alle meine Hoffnung in den mir äusserst unsympathischen Vollenweider, dass er uns allen den Beweis bringen würde, dass es ein Mord war. Aegerter war es aber mit Sicherheit nicht, das war so klar wie ein Bergsee, das musste doch auch Vollenweider sehen. Ich beschloss in diesem Moment, dass ich, trotz meiner Abscheu Vollenweider gegenüber, vollumfänglich kooperieren würde. Das schuldete ich Aegerter und der Ehre meiner Familie. Der wahre Täter lief irgendwo da draussen frei herum und war, wie ich annahm, einer von denen, die am lautesten behaupteten, dass es nur ein Suizid hat sein können. Doch woher kam dieser Abschiedsbrief, den man mir nie hatte zeigen wollen? Gab es diesen überhaupt?

Meine Rolle in der vollumfänglichen Kooperation war mir noch nicht ganz klar. Da gab es einige Möglichkeiten. Beispielsweise konnte ich mich dabei passiv verhalten, meine Ablehnung gegenüber Vollenweider ablegen und die stetigen Fragen immer und immer wieder beantworten, oder ich konnte mich aktiv darum bemühen, selber nach der Wahrheit zu suchen. Wenn es dann heikel werden würde, konnte ich ja dann immer noch den Polizeiermittler Vollenweider hinzuziehen. Letzteres war klar spannender und es bedurfte keinerlei Bedenkzeit, um mir klar zu werden, dass ich mich eher um die zweite Möglichkeit kümmern würde. Intuitiv wusste ich auch schon, wo ich beginnen würde, nach Hinweisen zu suchen. Die Anzeige aus der Zeitung hatte mich dazu gebracht. Deswegen riss ich sie heraus, faltete sie sorgfältig zusammen und steckte sie ein, als Erinnerungsstück.

Tage und Wochen zogen ins Land und Vollenweider kam nicht weiter. Allgemein wusste man, dass nach einem solchen Delikt die ersten Tage und Wochen die entscheidenden waren. Auch meine eigenen Ermittlungen waren nicht von besonderem Erfolg gekrönt. Ein sorgfältig ausgearbeiteter Plan sollte mir helfen, nichts zu übersehen, ich zeichnete stundenlang auf, in welchen Beziehungen einzelne Personen aus dem Dorf zueinander standen und wer gegenüber wem welche Interessen hatte. Eine spannende Aufgabe hatte ich mir da gestellt, wie mir bald auffiel. Dabei entdeckte ich so einige Konflikte und merkte schon bald, dass hier mehr gefragt war als reine Menschenkenntnis. Nur mit Bauchgefühl und Interpretation von Reaktionen würde ich hier nicht sehr weit kommen, das war mir klar. Neben der Arbeit die Zeit aufzubringen, stundenlang zu kombinieren, mit Menschen zu sprechen und Hinweisen nachzugehen, war nicht einfach. Wenn ich auch nur ein bisschen Aussicht auf Erfolg haben wollte, musste sich an den Rahmenbedingungen etwas ändern, aber wie?

Nächtelang lag ich wach im Bett, wälzte mich endlos von links nach rechts, bis die Schulter schmerzte und war morgens nicht viel schlauer. Ich musste im engsten Umfeld meines Vaters zu suchen beginnen. Nach einigen Nächten fiel es mir wie Schuppen von den Augen, warum ich keine Chance hatte weiterzukommen. Als Aussenseiter hatte ich keine Möglichkeit, nahe genug an die Exponenten heranzukommen, welche ich näher betrachten wollte. Somit war mir klar: Nur wenn es mir gelang, die Position meines Vaters einzunehmen, würde ich besser verstehen können, was sich im Dorf wirklich abspielte und vor dem Ableben meines Vaters abgespielt hatte. Dies beinhaltete einen Konflikt, denn der Zugang würde nur über den biblischen Singkreis erfolgen, der von Pfarrer Gründler ins Leben gerufen worden war und der sich mindestens einmal wöchentlich im Pfarrhaus traf. Nun war ich aber nicht gerade bekannt als gottesfürchtiger Jugendlicher, im Gegenteil. Das Gespräch würde schwierig werden, musste ich ja überzeugen können, um aufgenommen zu werden. Ich brauchte die Gunst des Pfarrers, denn ohne Empfehlung war das eine geschlossene Gesellschaft innerhalb der Dorfgemeinschaft. Sie hatte ihre eigenen Regeln und gerüchtehalber auch ihre eigene Parallelwelt zur guten Gemeinschaft. Ich nahm mir vor, das Projekt Singkreis gleich am kommenden Morgen anzugehen und den Pfarrer anzurufen. Erschwerend kam hinzu, dass ich mit Sicherheit der Allerjüngste war, der sich jemals dafür interessiert hatte.

»Guten Tag Herr Gründler, Martin Bitterli hier. Ich rufe Sie an um Sie um einen Gefallen zu bitten«, begann ich das Telefonat. Die Strategie zu nutzen, Pfarrer Gründler um einen Gefallen zu bitten, war sicherlich nicht die schlechteste. Knüpfte sie doch direkt an die emotionale Ebene an, welche bei einem Seelsorger ja vermeintlich sehr gross zu sein schien. Das kam ja schon in der Bezeichnung seiner Tätigkeit klar heraus: Einer, der sich um Seelen sorgt.

»Was ist denn jetzt mit dir passiert, Martin? Habe dich seit Jahren nicht mehr in der Kirche gesehen«, schmetterte er mir erwartungsgemäss die Wahrheit in die Ohren.

»Der Glaube definiert sich ja nicht nur darüber, ob man sich sonntags früh genug aus den Federn kämpfen, schön anziehen und in die Kirche bewegen kann. Kirche ist eine Gemeinschaft von Menschen, wo und wie ich diese finde, ist nebensächlich. Das waren die Worte meines Religionslehrers, damals in der Schule. Ich glaube, diese waren sehr weise und beinhalten mehr an Wahrheit als man gemeinhin annehmen könnte.«

»Der Religionslehrer war ich.«

»Eben«, konterte ich glücklich. Soeben hatte ich den ersten wichtigen Treffer erzielt.

»Was für einen Gefallen soll ich dir erweisen?«, fragte Gründler zurück.

»Seit dem überraschenden Ableben meines Vaters....«

»Suizid deines Vaters«, korrigierte er mich, ohne dass ich darauf einging.

»...suche ich immer wieder nach seelischer Nähe und Geborgenheit. Nach etwas, das die Leere in meinem Innern aufsaugen könnte ähnlich einem Schwamm, habe aber nichts gefunden, das mir hätte helfen können. All die gut gemeinten und oft belanglosen Gespräche, welche ich selber nie gesucht habe, mit Freunden und Bekannten und Bekannten meines Vaters halfen mir wenig bis gar nichts. Oft warfen sie mich zurück, weil sie mich an vergangene Zeiten erinnerten, oder sie halfen nicht, meine Gedanken zu ordnen. Darum glaube ich, es muss etwas Besseres, Grösseres geben, das mir hilft, mein Leid zu überwinden.«

»Hast du versucht zu beten? Das würde dir sicher helfen, weil du deine Sorgen unserem aller Lenkenden erzählen würdest. Er würde sich deiner Sorgen annehmen und sie von dir nehmen. Eine grosse Entlastung.«

»Nein, habe ich nicht. Ich glaube nicht, dass ich das kann – beten. Es würde mir sicher gut tun, nicht alleine zu sein und stattdessen unter Menschen zu sein. Singen, Freude erleben und hin und wieder ausgehen – das wäre die grösste Hilfe«, steuerte ich das Gespräch in eine eindeutige Richtung, hoffend, dass Gründler merkte, worauf ich hinaus wollte und mich zu einem Probesingen einladen würde. Stille, nur ein leichtes Rauschen war in der Leitung. »Hallo, sind Sie noch da Herr Gründler?«

»Ja, ich habe nur gerade nachgedacht, wie ich dir helfen könnte. Es gibt sicher ein Angebot in unserer Gemeinde, das wie geschaffen wäre für dich.«

»Gibt es nicht etwas, bei dem ich mich ausdrücken könnte und das mich in Gedanken dem Schöpfer nahe sein liesse? Singen oder so?«

Schwer von Begriff war er sicher nicht, aber vorsichtig. Ich war sicher, er wusste genau, worauf ich anspielte, aber er bewegte sich keinen Zentimeter in jene Richtung. Wollte er nicht, dass ich mich dem Singkreis anschliessen konnte, weil er nämlich etwas zu verbergen hatte? Eine logische Erklärung für sein Verhalten, wie mir schien. Auch das er mich eher ins stille Gebet schicken wollte, war für mich ein Hinweis für Ungereimtheiten. Also versuchte ich es einfach weiter. Hartnäckig, immer wieder andere Fragen, aber stets dem Ziel verbunden. Danke, Vollenweider.

»Nun, es gibt einen sehr guten Kirchenchor in unserer Gemeinde und der sucht immer wieder nach jungen Stimmen.«

»Das ist nicht unbedingt was ich suche. Ich will mich auch mehr mit der Bibel auseinandersetzen. Mein Vater erzählte einmal von einem biblischen Singkreis, keine Ahnung, ob es den noch gibt«, pokerte ich nun hoch.

Die darauf folgende Stille war drückend. Er wusste nicht, was er sagen sollte und ich konnte nicht mehr sagen, als ich schon gesagt hatte, um meine Tarnung nicht vollends aufgeben zu müssen. Die Stille hinterliess ein ungutes Gefühl bei mir, ich glaubte, viel riskiert und nun den gesamten Einsatz verloren zu haben.

»Das ist richtig, Martin. Den gab es und es gibt ihn immer noch. Warum glaubst du, in dieser Gemeinschaft deinen Frieden wieder zu finden? Da sind ja nur ältere Menschen dabei, die in der Gemeinde wie auch in der Region einiges bewegen können. Da wärst du doch in deinem Alter mit Abstand der Jüngste.«

»Das macht mir keine Angst, im Gegenteil, es beruhigt mich. So viel Lebenserfahrung in einem Raum, gepaart mit den christlichen Liedern und den Texten aus der Bibel. Das ist doch Geborgenheit, wie sie sonst nur Kinder im Mutterleib erleben können und in der Nähe Gottes.«

»Ich weiss nicht. Aber wenn du meinst, es würde dir helfen... Versuche es einmal. Sei unser Gast und komm zur nächsten Probe. Wir treffen uns immer dienstags im Kirchgemeindehaus. Sei kurz vor sieben Uhr da, wir beginnen pünktlich« ermahnte er mich zum Schluss lehrerhaft.

»Bestens. Ich bin mir sicher, dass wir beide diese Entscheidung nicht bereuen werden und Pünktlichkeit hat mit Respekt zu tun. Keine Sorge, ich werde rechtzeitig da sein.«

Ein Sieg nach Punkten, nickte ich mir selber zu, schaute den Hörer noch eine Weile verwundert an und legte ihn dann behutsam, aber bestimmt zurück auf die Gabel. Einen Einstiegspunkt hatte ich nun gefunden. Jetzt war es mir wichtig, mich vorzubereiten. Mir blieben sechs Tage bis zur Probe.

Während des Tages dachte ich einige Male an das mit Pfarrer Gründler geführte Telefonat zurück und war einerseits erstaunt über die Äusserungen, die ich gemacht hatte und gleichzeitig schockiert von der Art und Weise, wie Pfarrer Gründler sich um die Seelen seiner Gemeinde kümmerte, wenn diese ihn brauchten. Nur halbherzig war er dabei, aber das hatte ich ja schon bei uns zu Hause wahrgenommen, als ich ihn bei uns im Haus gesehen hatte, nach Vaters Tod. So etwa, als hätte er noch anderes, Wichtigeres, das ihn beschäftigte. Damit meine Tarnung nicht auffliegen konnte, beschloss ich, niemandem auch nur ein Wort zu sagen. Niemand hätte mir geglaubt, wenn ich erzählt hätte, dass ich als jugendliches Neumitglied in einen biblischen Singkreis aufgenommen worden sei. Darum liess ich es bewusst gleich von Anfang an bleiben. Meine Mutter hätte sich gefreut, wenn ich es ihr erzählt hätte.

Die Tage zerronnen mir in den Händen, alles was ich mir vorgenommen hatte, schien sich einfach nicht erledigen lassen zu wollen. Mir fehlte der Antrieb, ich war leer und gleichzeitig angespannt und nervös. Ein Studienpatient für angehende Psychiater, mindestens. Abends ging ich nicht weg, nicht auf mein Zimmer, sondern sass im Wohnzimmer und starrte Löcher in die Luft, während Mutter fernschaute und dazu strickte. Monoton klapperten die Nadeln taktgebend vor sich hin und im Fernsehen trällerte ein schlecht gekleideter, föhnfrisierter Möchtegern-Schlagerstar irgendwelche kitschigen Schnulzen, von berühmten Worten und Liebe, während im Hintergrund eine willenlose Masse hin- und herschaukelte in einem schlechten Dekor und händeklatschend mit Plastikfahnen versuchte, der Kamera Lebensfreude zu vermitteln, ganz im Stil der achtziger Jahre. Auch die nachfolgenden Songs waren belanglos und Klischee behaftet. Als ich es dann wirklich nicht mehr ertragen konnte, stand ich auf und verliess das Wohnzimmer fluchtartig. Meine erstaunte Mutter war froh, weil sie fortan hemmungslos mitsingen, schunkeln, klatschen und mitstampfen konnte, - Ausdruck purer und unverfälschter Lebensfreude. Das war ihre Musik, mit Herz und Seele, wie sie immer sagte. Wie sehr hoffte ich in diesem Moment, im Alter nicht zu dieser Gruppe Menschen zu gehören.

Es war schon Samstag und meine Vorbereitung auf meinen grossen Tag im Singkreis hatte noch nicht einmal begonnen. Leise schlich ich mich über den Flur in Mutters Zimmer, holte da ihr Kirchengesangbuch, welches sie einmal hatte mitlaufen lassen, und setzte mich damit auf die Treppe vor dem Haus. Meine Mutter hatte ein Gesangbuch gestohlen.... Ob sie dafür jemals Busse getan hatte?

Die Juninacht war lau, geräuscharm, aber nicht still und die Luft voller brummender und surrender Insekten, welche sich beim Liebestanz umeinander herum bewegten. Schrill surrend näherten sich mir immer wieder Stechmücken, die dann zwischen meinen schallend klatschenden Händen einen schnellen und schmerzlosen Tod fanden. Eine überwältigende Müdigkeit erfasste mich an der frischen Luft, was in mir das Verlangen steigerte, mich umgehend hinzulegen. Mit dem Buch in der Hand stieg ich die knarrende Treppe empor und legte mich ins Bett. Schweissgebadet erwachte ich, das Buch fiel mir aus der Hand. Als ich aufsprang, bemerkte ich die dreckigen Schuhe an den Füssen, auch die Kleidung, welche immer noch tadellos sass, zwar ein wenig zerknittert, aber komplett. Ein Blick zur Uhr bestätigte mir, was ich befürchtet hatte: drei Uhr vierunddreissig. Was genau ich geträumt hatte, wusste ich nicht mehr. Um mich zu beruhigen setzte ich mich auf die Bettkante und legte mein Gesicht in meine Hände, zählte langsam die Sekunden, während ich tief in den Bauch atmete, den Atem anhielt und die Luft langsam wieder ausströmen liess. Sollte ich morgen zur Kirche gehen, um Gründler meine guten Absichten zu zeigen? Vielleicht wäre das geschickt. Andererseits war es mir egal, weil ich ihm ja seine eigenen Worte an den Kopf geworfen hatte. Gläubige und Kirchgänger vereinten sich oft in einer Person, aber nicht immer. So streifte ich mir die Schuhe ab, die polternd auf den alten, knorrigen Holzboden fielen, liess mich danach rückwärts auf das Bett fallen und entschlummerte wieder in die Welt der Träume von denen ich hoffte, besser zu werden als in der ersten Nachthälfte. Wie im freien Fall sank ich zurück in einen tiefen Schlaf, den ich mir so sehr gewünscht hatte.

5

Das stete Ticken des Sekundenzeigers raubte mir fast den Verstand. Vier Stunden noch bis zum Beginn des Singkreises, das machte mir meine Uhr monoton klar. Tick Tick Tick... Ich wusste nicht, ob ich mich freuen oder doch eher Angst haben sollte. Das Unbehagen hüllte seinen Mantel um meine Schultern, die Ungewissheit legte ihre zentnerschweren Steine um meinen Hals und ich fühlte mich unwohl. Um mich abzulenken, ging ich früher nach Hause, wollte raus aus den steifen, einheitsgrauen Bankkleidern, hinein in etwas Jugendlicheres, mich selber fragend, ob das wohl für meinen bevorstehenden Einstand passend sei. Genau dieser Gedanke war eigentlich das Unpassendste an sich, denn einfach sich selbst zu sein, passte immer.

Mein Blick streifte über die sanfte Hügellandschaft, welche unseren Hof umgab, doch die innere Ruhe kehrte nicht zurück, so sehr ich mich auch darum bemühte. Ich konnte mich auf nichts konzentrieren, liess mich fortlaufend von allem ablenken. Der Blick zur Uhr verriet mir, dass es noch zwei Stunden waren, welche es tot zu schlagen galt. Da beschloss ich, mich zu Fuss auf den Weg ins Dorf zu machen.

Ich bildete mir, ein die Menschen im Dorf würden mich anstarren, weil sie sehen konnten dass ich zum biblischen Singkreis unterwegs war. Glaubte sie tuscheln und spotten zu hören. All das war gesteuert von meiner eigenen Unsicherheit. Dann stand ich mit einem Mal vor dem Kirchgemeindehaus. Jenem Bijou aus dem letzten Jahrhundert, in welchem nicht nur alle Angebote der Kirche untergebracht waren, sondern in dem auch der Pfarrer wohnte, zusammen mit seiner Haushälterin. Suspekt: Ein katholischer Pfarrer im besten Alter, gut aussehend, mit gepriesenem Zölibat, der mit einer Haushalthilfe unter einem Dach lebte. Tief in meinen Gedanken über Zölibat und Haushalthilfe versunken, stand ich wie angewurzelt vor der Tür. Als Pfarrer Gründler die Türe aufriss, weil er mich hatte kommen sehen, schlug mein Blut wie eine Springflut durch meinen Körper vor lauter Schreck. Die Sprache versagte simultan dazu und so konnte ich seine Begrüssung nicht erwidern, was mir keinen direkten Kredit, wohl aber Unverständnis einbrachte.

»So sind die meisten Jungen heute. Zuerst eine grosse Klappe, wenn es niemand hört und wenn man sich in der Masse verstecken kann, kaum aber isoliert und auf sich selbst gestellt, sind sie mundtot und lassen sich vom Strom der Massen treiben! Erschreckend, erschreckend!«, hörte ich Gründler seiner Stimmung freien Lauf lassen. Noch nie hatte ich ihn gemocht, in meinen Augen war er ein Angeber.

»Sollte ein Geistlicher wie Sie nicht frei von Vorurteilen sein? Was ich eben gehört habe, ist genau das Gegenteil. Enttäuschend, enttäuschend!«, äffte ich seinen dummen Spruch nach und zeigte ihm damit, dass er so bei mir keinen Eindruck machte.

Es war offensichtlich, dass wir uns nicht mochten, die Beziehung zwischen uns war wie die zweier gegenpoliger Magneten, die sich gegenseitig stets abstossen und doch darauf bedacht sind, genau diese abstossende Kraft immer wieder zu suchen. Wir umkreisten einander ständig wie ein Mond, der stetig seinen Planeten umkreist.

»Komm herein, Martin. Wir sind nicht hier, um zu streiten, wir wollen den Herren loben und gemeinsam anstimmen seine Lobgesänge!«

»Richtig. Mein Ziel ist es, die innere Ruhe und Balance wieder zu finden. Da soll es keinen Platz haben für noch mehr

Unruhe.«

Die Stimmung war bald wieder freundlich, wenn auch von beiden Seiten aufmerksam und vorsichtig abtastend, weil jeder von uns wusste, dass beide einen Vorwand hatten für den Abend. Immer mal wieder klingelte es an der Tür. Mal ging Gründler selber zur Tür, dann seine Haushalthilfe. Bekannte und unbekannte Gesichter zeigten sich mir im Flur, teils wirkten sie verunsichert, weil ein neues Gesicht da war und dann ausgerechnet noch der junge Bitterli, der Sohn des feigen Selbstmörders. Kurz nach sieben waren dann alle da, eine Gruppe von fünfzehn Männern und Frauen, darunter der Vorsteher des Männerchors, der Gemeindepräsident, die Posthalterin, der Sakristan Othmar Karrer, der Chefarzt des Regionalspitals, Hablützel der Finanzvorstand und einige andere, die ich noch nie zuvor gesehen hatte. Keiner redete viel, es fielen auch keine Namen, man sprach sie unverbindlich mit einem unpersönlich persönlichen Du an. Ungewohnt unwirklich, beinahe künstlich wirkte die Szenerie auf mich. Alle Teilnehmer des Singkreises folgten Pfarrer Gründler zu einem grossen Raum, an dessen Eingang alle ihre Schuhe auszogen und sich dann drinnen im Schneidersitz auf den an der Wand ausgelegten Matratzen nieder liessen. Das Einzige, was mich dabei an die Bibel erinnerte, war, dass alle Damen Röcke und ihre Haare entweder in Zöpfen oder in einer anderen Langhaarfrisur trugen, nur die Strumpfhosen fehlten. So sassen wir uns gegenüber und die Sitzposition im Schneidersitz gab teilweise Blickfelder frei, welche das Potential in sich bargen, einem die Schamröte ins Gesicht zu treiben und mit biblisch im klassischen Sinne sicherlich nichts gemein hatten.

»Liebe Freunde, heute werden wir einen leicht anderen Ablauf haben wie gewohnt, haben wir doch mit Martin einen Gast unter uns, der nicht zum engen Kreis gehört. Wir alle sind in Gedanken bei ihm und wollen ihn bei der Suche nach seiner inneren Ruhe unterstützen. Aus diesem Grunde habe ich ihn eingeladen, uns heute und vielleicht auch in näherer Zukunft beizuwohnen.«

»Amen, wir denken an unseren Bruder Martin. Sei willkommen!«, rezitierte die ganze Meute im Chor.

Unweigerlich erschienen mir Bilder aus Verdis Oper Nabucco vor dem geistigen Auge. Der Chor der Gefangenen, eine Oper, die wir in der Berufsschule einmal gesehen hatten. Dieser schöne Gesang mit tristem Unterton und den schmetternden Stimmen, dazu die leichte Musik. Genau so kam mir diese Einleitung vor. Gründler, der Herr der Gefangenen, die Teilnehmer die Gefangenen. Sofort hatte ich den Text im Kopf und die Melodie im Ohr.

Flieg, Gedanke, getragen von Sehnsucht,
lass´ dich nieder in jenen Gefilden,
wo in Freiheit wir glücklich einst lebten,
wo die Heimat uns´rer Seele - ist.

Das musste ein Zeichen sein. Das war eine Gruppe Menschen, die hierherkam um ihre Sehnsüchte zu zelebrieren, sie auszuleben. Genau dieser Ort war in Wahrheit die Heimat ihrer Seelen oder vielleicht eher zu deren selbst gewählter Heimat geworden. Der Abend im Singkreis war skurril. Tatsächlich wurde gesungen, kaum geredet, wohl aber geschaut - unter die Röcke hauptsächlich. Immer mal wieder bildeten sich Gruppen, um gemeinsam zu singen, zu üben, um dann vorzutragen. Das waren teils Gruppen von Zweien oder auch mehr. Zu einem Vorsingen kam es aber nicht an jenem Abend, doch die Rückkehrer waren alle glücklich und lächelten. Kurz darauf war der Hauptteil des Abends auch schon vorbei und Pfarrer Gründler lud zur Stärkung ein.

Die Türe öffnete sich und die Haushalthilfe schob einen weiss gedeckten Tisch auf Rollen herein. Darauf fanden sich einige Happen und Getränke und sie versprach, dass sie gleich noch mehr bringen würde. Sie verliess den Raum so schnell, wie sie gekommen war, ohne mein Angebot, ihr zu helfen, gehört zu haben. Ich folgte ihr aus dem Raum in die Küche, wo sie mich bereits zu erwarten schien. Sie lehnte gegen den Herd, das rechte Bein angewinkelt, die Bluse bis tief hinunter aufgeknöpft und sah mich mit leicht gesenktem Kopf an. Ihre mandelförmigen, olivgrünen Augen fixierten mich und hatten eine anziehende Wirkung, der ich mich nicht entziehen konnte. Nichts wirkte aussergewöhnlich, nichts aufgesetzt und nichts liess mich daran zweifeln, dass dies nicht die erste solche Situation war, die sie erlebt hatte. Mit ihrem rechten Zeigefinger deutete sie mir an, zu ihr hinüber zu kommen, während sich ihre Lippen zu einem Kussmund formten. Mein Herz schlug mir kräftig in den Hals, mein gesamter Speichel versiegte sofort und liess meine Mundhöhle zu einer oasenlosen Wüste werden. Mir blieb kein Zweifel, sie wollte mich verführen und liess nicht so schnell von mir ab, auch wenn ich klar signalisierte, dass ich keine Lust hatte, mich ihren Reizen hinzugeben.

»Was soll das, was tun Sie da?«, stellte ich sie zur Rede. Sie aber lächelte nur, schweigend, und sah mich weiter durchdringend an. Mein Herz schlug weiter kräftig.

»Antworten Sie mir und lassen Sie das, ich will nicht!«

»Lucinda ist mein Name«, flüsterte sie leise in gebrochenem Deutsch, beinahe ängstlich.

»Mein Name ist Martin und ich bin neu dabei in diesem Singkreis. Daher verstehe ich noch nicht genau wie das hier abläuft. Ich wollte lediglich behilflich sein beim Aufdecken.«

»Das habe ich gemerkt, dass du neu bist. Keiner kann das verstecken. Die Gemeinschaft hier ist auch eine schwierige zu verstehen. Viele Regeln und doch nichts zu lesen.«

»Wie kann ich das verstehen? Das tönt geheimnisvoll und sehr kompliziert.«

»Ist es auch, Martin. Zu gegebener Zeit kann ich dir sicher mehr darüber erzählen. Nur nicht jetzt und hier.«

»Das interessiert mich sehr. Können wir uns treffen? Heute Abend noch, später?«

»Nein, nicht heute Abend, das geht nicht.«

Schritte vor der Küche liessen Lucinda verstummen, sie blickte mich erneut mit ihrem Zuckerblick an und kam schnell und draufgängerisch auf mich zu. Als sich die Küchentüre öffnete, spielte sie die Erschrockene und liess umgehend von mir ab, zupfte sich die Kleidung zurecht und räusperte sich laut und deutlich. In der Tür stand Pfarrer Gründler, blieb dort schweigend stehen, nickte freundlich zu uns herüber und wandte sich dann ab. Ich wollte sie gerade fragen, was denn das nun zu bedeuten hatte, doch Lucinda deute mir klar an, dass ich besser schweigen sollte. Schweigen war nicht einfach, brannte mir doch diese eine Frage auf der Zunge. Was hatte das eben zu bedeuten? Da Lucinda ganz offensichtlich genau darüber nicht reden wollte, beschloss ich, das auf unser ohnehin geplantes Treffen zu verschieben. Ich spürte, dass ich aus der Küche verschwinden sollte und so sprachen wir noch kurz unser Treffen ab.

»Wenn wir uns heute Abend nicht mehr treffen können, wann denn dann?«

»Wir müssen uns an einem unauffälligen Ort treffen; es darf niemand wissen, dass wir uns heimlich getroffen haben; das ist sehr wichtig.«, erwiderte sie, ohne meine Frage beantwortet zu haben.

»Wir können uns auf der Bank treffen, als getarntes Kundengespräch. Da wird niemand Verdacht schöpfen, das machen ja viele Leute, dass sie sich mit ihrem Kundenberater treffen.«

»Nein, wir treffen uns in der Natur. Da können wir uns ja auch zufällig begegnen. Dabei würden wir ja auch merken, wenn uns jemand beobachten oder uns folgen würde.«

Wir vereinbarten, dass wir uns punkt zwölf Uhr mittags am folgenden Tag treffen würden, der Ort war just die Lichtung, auf welcher mein Vater gefunden wurde, was Lucinda aber nicht wusste und ich ihr auch nicht sagen wollte. Daraufhin verliess ich die Küche und machte mich auf, zurück in den Gemeinschaftsraum.

Keiner nahm Notiz von mir, als ich zurück kam, sie schienen

alle mit sich selber oder eben in kleinen Gruppen beschäftigt zu sein. Kein einziges Gesangbuch lag herum und kein einziger Ton wurde gesungen. Da öffnete sich die Tür ein zweites Mal und Lucinda brachte Platten mit belegten Broten, Rohkost, Früchten und Käse herein. Draussen im Flur standen noch einige Kartons mit Weisswein herum, welche sie im Anschluss auch noch brachte. Die Gruppe liess sofort von ihrem Tun ab, wartete wohl, darauf dass Pfarrer Gründler die Freigabe erteilte und begann sich gleich darauf über das Buffet herzumachen. Wie die Heuschrecken fielen sie über den liebevoll vorbereiteten Tisch her, und binnen einiger wenigen Sekunden waren die Platten etwa so leergefressen wie die Büsche in der Steppe, nachdem der Heuschreckenschwarm wieder abgezogen war. Abscheuliche Szenen spielten sich ab. Erwachsene Menschen, die sich strategisch um die letzten zwei Käsestücke stritten, oder sich gegenseitig die Weingläser so voll schütteten, als könnten sie sich sonst keinen Wein leisten. Das wollte ich mir nicht länger antun und ich suchte nach einer Möglichkeit, mich unter einem Vorwand zu entfernen. Nur es gab keinen Vorwand. Erleichterung machte sich breit, als sich Pfarrer Gründler in die Mitte des Raumes stellte, sich räusperte und dann ankündigte, dass er noch zu arbeiten hätte und sich darum schon einmal verabschieden wollte. Lucinda stand auch noch im Raum, sie zuckte kaum merklich zusammen und verschwand nach Gründlers Ankündigung sofort. Damit war meine Verpflichtung, mich gebührend zu verabschieden, wohl auch hinfällig geworden. Auf dem Weg zur Tür bemerkte ich, wie ein anderer Herr dem Pfarrer in sein Arbeitszimmer folgte. Alle anderen verblieben im Gruppenraum, assen und tranken weiter. Keiner nahm Notiz davon, dass ich mich davon schlich. Der Abend spielte sich in meinem Kopf immer wieder ab. Mal ganz von vorne, dann einzelne Szenen, einzelne Bilder. Ich versuchte einen Punkt zu finden, der mir ein Schlüssel sein sollte zum Gesamten, einen Startpunkt, der mir diese Gemeinschaft erklären konnte. Doch da war nichts. Es gab da wohl einen einzigen kleinen Schlüssel, den ich aber nicht ergreifen konnte: Lucinda. Ich war mir mehr als sicher, dass sie die Einzige war, die mir weitere Hinweise geben konnte. Damit blieb mir die Neugier bis zum folgenden Tag erhalten. Ich wusste schon, dass ich nicht würde schlafen können, dass ich über die Sache nachgrübeln und tags darauf unausgeschlafen zur Arbeit erscheinen würde. Es war schon einiges nach zehn Uhr abends, als ich zu Hause ankam. Schon von der Zufahrt her konnte ich das Auto sehen, das vor dem Hof stand. »Vollenweider!«, entfuhr es mir.

Was er um diese Zeit wohl wollte? Mitten in der Nacht? Wohl kaum Kaffee trinken.

6

Die Tür stand offen, in den Flur drang das Licht aus dem Wohnzimmer, dessen Tür nur leicht angelehnt war. Drinnen sass Mutter am Tisch, das Gesicht in die Hände gestützt und unter einem ordentlichen Bach von Tränen. Sie weinte und ihr Körper bebte, Vollenweider sass ein wenig hilflos dabei und es schien, als wusste er nicht so richtig, was er tun sollte. Ganz offensichtlich dauerte das schon eine ganze Weile an. Warum sollte ich ihn erlösen? Auf diese Frage hatte ich selber keine Antwort, wollte es auch nicht wirklich tun, aber ich sorgte mich um meine Mutter und wollte sie nicht länger leiden sehen. So stiess ich die Tür auf und kündigte mich laut und deutlich an.

»Vollenweider! Schön dass Sie meine Mutter trösten, nachdem ihre Fragen sie zum Weinen gebracht haben.«

»Martin, benimm dich!«

»Bemühen Sie sich nicht, Frau Bitterli. Martin will nicht verstehen, dass ich nicht sein persönlicher Feind bin, aber eine Aufgabe zu erfüllen habe. Er ist verletzt und sieht in mir seinen Widersacher, der ich nicht bin. Das geht schon in Ordnung.«

»Verstehe, ich bin derjenige, der nicht sieht worum es geht. Dann helfen Sie mir doch, Vollenweider. Klären Sie mich über den Stand ihrer Arbeit auf. Sagen Sie mir wann Sie endlich bestätigen können, dass mein Vater kein Selbstmörder ist, so wie es das halbe Dorf mittlerweile schon herumerzählt. Die Ehre meines Vaters, die Sie mit ihrer unfertigen Arbeit im ganzen Dorf geschändet haben muss endlich wieder hergestellt werden. Sie haben doch allen gesagt dass es ein Suizid war. Geben sie es endlich zu und dann können Sie uns getrost in Ruhe lassen.«

Mein Herz schien sich zu verselbstständigen, schlug immer stärker und schaukelte das Blut in den Adern dermassen auf, dass ich mich kaum noch zügeln konnte. Schämen wollte ich mich für meinen Wutanfall, doch zugeben, dass ich überreagiert hatte, kam ebenso nicht in Frage wie mich bei Vollenweider zu entschuldigen. Das schien er auch zu wissen und entsprechend locker ging er damit um.

»Das ist es ja genau, Martin. Deswegen bin ich hier. Es war Mord, auf jeden Fall Mord. Das Spurenbild, welches wir am vermeintlichen Tatort gefunden haben zeigte deutlich, dass dein Vater sich nicht dort hat richten können. Auch Aegerter hat nichts mit dem Tod deines Vaters zu tun, seine Festnahme war eine Routineaktion, weil wir dadurch das Umfeld testen wollten. Wir wollten sehen, ob es unerwartete Reaktionen geben würde, oder ob jemand nervös würde. Das ist alles ausgeblieben. Wir haben alles durchsucht, konnten keinen Hinweis auf einen Suizid finden. Die Konten waren alle in bester Ordnung, die Firma lief überdurchschnittlich gut und den aufgefundenen Abschiedsbrief konnten wir nicht zweifelsfrei als den des Verstorbenen identifizieren. Die Kugel, die wir im Körper des Leichnams gefunden hatten, passt auch nicht zur gefundenen Waffe. Die passt ja nicht einmal durch den Lauf.«

Er redete noch weiter, aber ich konnte nichts mehr hören, sah nur zu, wie sich seine Lippen bewegten, wie in Zeitlupe. Mein eben noch rasendes Herz verlangsamte seinen Schlag drastisch, so dass ich das Gefühl hatte, es könne gleich stehen bleiben. Im Mundwinkel spürte ich einen salzigen Tropfen, Tränen flossen über meine Wangen, der Silhouette meiner Lachfalten nach, direkt in den Mund. Die Scham liess mich erröten und das spürte ich deutlich.

»All das zeigt uns, dass wir keinen einfachen Fall vor uns haben, da das direkte Umfeld anscheinend nicht in die Tat verwickelt ist und es auch sonst keine erkennbaren Hinweise auf eine Täterschaft gibt. Es muss also andere Gruppen geben, die über Motive verfügten, die wir erst einmal finden und dann bewerten müssen, um eine konkrete Spur weiterverfolgen zu können. Wir suchen daher nach Hinweisen, irgendwelchen Fetzen, die uns helfen können, das komplette Bild zusammenzusetzen. Wenn du uns irgendwie behilflich sein kannst, dann wären wir dir für deine Mithilfe sehr dankbar. Natürlich schliesst dies deinen Freundeskreis und alle anderen mit ein, die uns helfen können, Licht ins Dunkle zu bringen.«

Einige Sekunden zögerte ich und überlegte, ob ich Vollenweider in die Existenz des Singkreises einweihen sollte oder nicht, kam dann aber zum Schluss, dass ich noch zu wenig wusste, um damit in irgendeiner Form an jemanden gelangen zu können. Meine Verdachtsmomente beruhten lediglich auf persönlichen Annahmen und nicht auf einer einzigen, gesicherten Informationsquelle. Darum schwieg ich, wischte mir die letzten in den Wimpern hängen gebliebenen Tränen seitlich aus den Augen und gab mir Mühe, dabei stark und erwachsen zu wirken. Mutter sass wie ein Häufchen Elend auf der Eckbank, den Kopf auf die Tischplatte gesenkt, das Gesicht rot vor Scham und Trauer. Tränen, die pausenlos über ihre ledernen Wangen kullerten, spendeten ihren in den letzten Wochen hart gewordenen Gesichtszügen ein wenig Entspannung. Sie tat mir unendlich leid. Sie glaubte, dass alle von ihr erwarteten, stark sein zu müssen - alles Quatsch. Niemand hatte irgendeine Erwartung an sie - im Gegenteil. Würde sich erst einmal im Dorf verbreiten, dass es nun anscheinend doch Mord gewesen sein musste, dann wurde das Opfer und seine Familie unmittelbar uninteressant. Dann würde die Sensationsgeilheit Einzug halten, jeder würde der Erste sein wollen, der den Täter kennt. Abscheulich, die Abgründe der menschlichen Seele. So war es nun mal und in unserem Dorf war die Normalität meist eine Art Understatement. Das hiess, die Wirklichkeit war noch abscheulicher als anderswo.

Vollenweider führte noch eine Weile einen Monolog, verabschiedete sich dann doch noch und liess uns mit unseren Gefühlen alleine. Trauer kannte er nicht, konnte sie auch nicht respektieren – von Berufes wegen.
Die Nacht war voller Schlaflosigkeit, Träumen und Kälte. Der Morgen kam schneller als mir lieb war und so musste ich mindestens gleich müde zur Arbeit wie ich zu Bett gegangen war.

Der Mittwoch Morgen wollte nicht vergehen und zugegeben, ich hatte meinen Kopf nicht bei der Sache. Meine Gedanken waren beim vergangenen Abend, Lucinda und Vollenweider – vor allem aber bei Lucinda. Sie war der Schlüssel zu meiner Ungewissheit und sie wusste mehr als alle anderen, die mit mir reden würden. Fehler häuften sich und ich bemerkte die Ungeduld einiger meiner Kunden, die ich am Schalter der Bankniederlassung im Dorf bediente. Die meisten aller Dorfbewohner hatten kein Verständnis dafür, dass ich meinen Vater nicht als Feigling verstossen hatte. Sie alle wussten noch nichts von der Neuigkeit, die uns Vollenweider gestern überbracht hatte. Bei einigen war es so, als konnte man förmlich ihre Gedanken lesen, Dinge, die ich nicht gerne wissen wollte und so doch erfuhr.

Die Zeiger der Wanduhr führten ihr synchronisiertes Ballett auf, dreimal schon die ganze Nummer, und für das letzte Mal vor der Mittagspause hatten sie sich darauf besonnen, es noch einmal in Zeitlupe aufzuführen. Die Zeiger verursachten auf ihrer Rundtour ums Zifferblatt bei jedem Minutensprung einen kratzenden Ton. So war es ein Leichtes, die Minuten zu zählen, was ja sonst eine Qual war. Dann endlich war es soweit, ich konnte die Türe für zwei Stunden schliessen.

Kaum hatte ich das erledigt, machte ich mich schleunigst auf zum Waldrand, um dann den Weg zur Lichtung einzuschlagen. Schon von weitem konnte ich ihr Haar sehen, das sich leise im Wind wiegte. Weil der Wind aus ihrer Richtung wehte, konnte sie meine Schritte nicht hören, ich dafür ihren frischen, beinahe betörenden Duft riechen. Als ich sie beinahe erreicht hatte, drehte der Wind unvermittelt. Sie zuckte erschrocken zusammen.

»Du hast mich zu Tode erschreckt!«, rief sie mir zu.

»Der Wind, ich kann nichts dafür. Schön, dich zu sehen, Lucinda. Danke, dass du gekommen bist.«

»Das habe ich gerne getan. Ich habe gestern gemerkt, dass du anders bist als alle anderen. Eine Art der Verbundenheit war da und ich merkte, dass nur du mir helfen kannst, wenn überhaupt einer helfen kann. Vielleicht ist das meine Art der Prüfung die ich überstehen muss.«

»Was redest du für wirres Zeug? Ich kann dir nicht folgen. Aber ich habe hunderte von Fragen an dich, von denen ich weiss, dass nur du sie mir wirst beantworten können. Ich brauche deine Hilfe, Lucinda.«

Ich versuchte sie zu überzeugen, obwohl sie mir ihre Hilfe schon zugesichert hatte.

»Du brauchst mich? Gut zu wissen, dann werde ich meine Forderungen durchsetzen können«, lachte sie mich an.

»Alles, was in meiner Macht steht, sollst du für deine Hilfe bekommen, Lucinda. Versprochen. Erzähl mir mehr über diesen Singkreis von Pfarrer Gründler. Mein Gefühl gestern sagte mir, dass man versucht hatte, mir etwas vorzuspielen. Nur habe ich keine Ahnung, was genau es sein könnte.«

»Das habe ich schon gemerkt. Gerne hätte ich dich eingeweiht, das ging aber nicht. Wie du bemerkt hast, hat mich Gründler durchaus kontrolliert, weil er sicher gehen wollte, dass du keine Fragen stellst oder ich dir nichts von mir aus erzählen würde.«

»Was hättest du mir denn erzählen können?«

»Der biblische Singkreis ist so eine Sache. Er taucht in keiner der kirchlichen Publikationen auf, es gibt keine Hinweise während den Messen und nicht einmal die Kirchenpflege weiss um dessen Existenz. Komisch, nicht? Aber lass mich zuerst von mir erzählen.«

Ihre Augen wurden kalt, ihr Gesicht regungslos und ihr Gesicht wurde fahl wie ein blinder Spiegel. Die ganze Ausstrahlung war mit einem Male weg, die lateinamerikanische Gelassenheit wich der ureuropäischen Verkrampfung. Das machte mir Angst. Hatte ich zu viel verlangt?

»Meine Geschichte könnte ich vermutlich als Bestseller verkaufen. Meine Heimat, ein Vorort von Rio de Janeiro, habe ich mit achtzehn Jahren verlassen. Damals war ich in der Samba-Gruppe unserer Kirche und wir übten für den Carneval. Jede freie Minute steckte ich in den Carneval, war in der Endauswahl für die Samba-Queen unserer Gruppe. Da ich aber damals schon wusste, dass ich mir ein Kleid niemals würde leisten können, war von Anfang an klar, dass ich einen Sponsor brauchen würde, um am Carneval die Hauptrolle unserer Gruppe spielen zu können. Genau das wollte ich schon all die Jahre, seit meiner kleinsten Kindheit. Der Zufall wollte es, dass wir einen Besucher aus der Schweiz bei uns hatten, den Pfarrer einer Kirchgemeinde, die uns seit Jahren unterstützte.«
	»Gründler!«
	»Genau, Pfarrer Gründler. Man sagte mir, ich solle ihn doch anfragen, ob seine Gemeinde nicht für mein Kostüm aufkommen wolle. Eine gute Idee, wie ich fand, und unser Pfarrer organisierte ein Treffen zwischen Gründler und mir. Wir trafen uns in der Bar eines Hotels und er begann interessiert zu fragen, was das mit den Samba-Schulen und dem Wettbewerb am Carneval auf sich hatte. Er fand gefallen an der Idee und bestand darauf die anderen Finalistinnen zu treffen. Verständlicherweise, denn so ein Kostüm war ja keine billige Angelegenheit. So kam er dann zu uns ins Probelokal und führte Gespräche mit allen Finalistinnen. Letztlich fiel dann seine Wahl auf mich und er bezahlte grosszügig das Kostüm und dazu noch einige andere Dinge. In der Zeit vor dem Carneval war er stets in meiner Nähe, suchte immer wieder die Gelegenheit, mit mir zusammen

zu sein. Essen, Tanzen, Parties und immer wieder auch Drogen. Nicht, dass ich den Drogen verfallen gewesen wäre, aber in meinem Umfeld gab es einige die entweder selbst konsumierten oder alle Wünsche vermitteln konnten.«

»Eine unglaubliche Geschichte. Was aber hat das mit dem Singkreis zu tun? Der Zusammenhang ist mir noch nicht ganz klar.«

»Sei nicht so ungeduldig. Ich habe gesagt, ich würde dir die Geschichte erzählen. Nur möchte ich das gerne chronologisch tun, denn sonst wird es schwierig sein, das wahre Ausmass kennenzulernen. Der grosse Tag kam, und wir waren richtig gut, auch wenn wir nicht gewannen, waren wir doch unter den allerbesten Gruppen. Gründler schien Gefallen an mir gefunden zu haben, denn es dauerte nicht lange und er bot mir eine Stelle in der Schweiz an, als Pfarreihelferin in seiner Gemeinde. Er machte mir klar, dass dies auch Hausarbeit, Waschen und Kochen beinhalten würde, dafür würde ich die Möglichkeit bekommen, würde Menschen kennenzulernen und natürlich auch die Sprache zu erlernen. Da brauchte ich nicht lange zu überlegen. Wer aus meinem Ort hatte schon die Möglichkeit, einmal mit dem Flugzeug zu verreisen und dann erst noch nach Europa! Nach einer kurzen Rücksprache mit meinen Eltern sagte ich zu und schon eine Woche später sass ich im Flugzeug nach Zürich. Nach meiner Ankunft war alles so, wie er es mir versprochen hatte. Er holte mich am Flughafen ab, brachte mich nach Hause, kümmerte sich bestens um alles nur Erdenkliche und half mir, die ersten Behördengänge zu erledigen. Er stellte einen Computer in mein Zimmer, damit ich mich mittels Emails und auf allen anderen elektronischen Wegen mit meinen Freunden austauschen konnte. Ich mochte ihn, er war ein guter Vorgesetzter.«

Ich lauschte ihren Ausführungen gebannt, klebte an ihren Lippen, um nichts zu verpassen, was wichtig hätte sein können. Nur wusste ich nicht einmal, wonach ich genau suchen sollte, bis jetzt gab es noch keinen einzigen Anhaltspunkt, der mich hätte weiterbringen können. So liess ich Lucinda weitererzählen und wartete auf die Initialzündung.

»Das dauerte über Wochen, seine Unterstützung kannte keinerlei Grenzen. Eines Tages fragte ich ihn nach einer Möglichkeit, um über den Computer auch mit meinen Freunden telefonieren zu können, auch diesen Wunsch erfüllte er mir. Mit der Zeit beschlich mich ein merkwürdiges Gefühl. Seine Aufopferung liess bei mir immer mehr Fragezeichen aufkommen. Es war, als wäre er ständig da, kaum dachte ich an etwas, kam auch schon Gründler und hatte eine Lösung bereit oder stand mir tatkräftig zur Seite. Das fiel mir zunächst nicht so richtig auf, erst als an jenem Sonntag das Wasser in der Dusche nicht mehr floss, schöpfte ich Verdacht. Ich zog mir einen Bademantel über und trat in den Flur. Und wer stand da draussen, mit einer Werkzeugkiste in der Hand? Gründler. Das am heiligen Sonntag. Er kam in meine kleine Wohnung und begann sofort zu arbeiten. In seiner Werkzeugkiste hatte er alles dabei, was man so brauchen konnte. Unter anderem lagen da einige Rollen verschiedenfarbige Kabel, Abisolierzangen, ein Hammer, ein Handbohrer, Spachtelmasse und eine Silikonpistole. Warum nur sollte Gründler ausgerechnet an einem Sonntag nach der Messe mit Werkzeug bereit sein? Er kam in meine kleine Wohnung und schaute sich die Sache an, versprach, er würde sich sogleich darum kümmern. Daraufhin liess er mich alleine, ich zog mich an und machte mich nachher daran, in der Küche das Mittagessen vorzubereiten. Ich kann mich noch gut an den Tag erinnern, wir hatten damals Gäste, Leute aus dem biblischen Singkreis waren angekündigt.«

Ihre Augen und die ganze Mimik waren geprägt von einer eisigen Kälte. Es schien, als würde sie auswendig gelernte mathematische Formeln oder eine Gebrauchsanweisung für ein Küchengerät rezitieren. Eines war mir schon klar geworden, Gründler war nicht der Edelmann, als den man ihn gerne gesehen hätte in der Gemeinde, er war anders. Mit Sicherheit hatte er Seiten an sich, die niemand vermutet hatte, was es aber genau war, konnte ich mir nicht ausmalen. Lucinda liess ihre Fersen monoton gegen den Baumstamm schlagen, auf dem sie sass, schaute auf die Uhr und erzählte weiter.

»Die Gäste kamen zahlreich und ich hatte alle Hände voll zu tun. Als ich gerade den Nachtisch servierte, zog Gründler am Ärmel meiner Bluse und sagte, dass alles repariert sei und die Dusche dank seiner Intervention gar noch mehr Druck hätte. Die Brause wäre komplett verstopft gewesen, er hätte diese auch gereinigt. Meine Bedenken waren wieder weg, er war ein guter Mensch, hilfsbereit und sich selber nicht zu schade, um sogar den eigenen freien Tag für andere zu opfern. Es vergingen allerdings keine zwei Tage, bis sich das grundlegend geändert hatte. Es war frühmorgens, draussen war alles still und dunkel, da glaubte ich ein Klopfen an meiner Tür zu hören. Ein Blick zum Wecker sagte mir aber, dass dies wohl nicht sein könne, es war vier Uhr dreissig. Doch da war es wieder. Aufdringlicher, lauter und die Abstände zwischen den einzelnen Klopflauten wurden immer kürzer. Ich traute meinen Augen nicht, als ich die Tür öffnete. Schläfrig und noch ein wenig benommen starrte ich in den Flur hinaus. Da war Gründler, bekleidet mit einem ausgetragenen, aus der Form gelaufenen weissen T-Shirt und einer Boxershorts, welche mit Sicherheit auch schon bessere Tage gesehen hatte. Ein scheusslicher Anblick, mitten in der Nacht.

Ohne auch nur ein Wort zu sagen drückte er sich an mir vorbei in die Wohnung, blickte sich um, kam zurück zur Tür, zog mich zu sich hin und schob mit dem rechten Fuss die Tür zu. Er stand dicht vor mir, sagte nichts und roch nach Alkohol, viel Alkohol. Mit der rechten Hand griff er nach dem im Schloss steckenden Schlüssel, verschloss die Tür und zog den Schlüssel ab. Da wurde mir sofort klar, was er wollte. Alle Versuche, mich aus der Situation zu retten, scheiterten. Er drängte mich ins Schlafzimmer, drückte mich mit dem Rücken gegen die Wand, griff unter das Nachthemd und begann sofort meine Brüste zu massieren. Mich schauderte, mir wurde kalt, eiskalt, das Blut sackte sofort in die Beine und ich konnte mich nicht mehr bewegen. Seine Hand wanderte dann von den Brüsten zur Scham, die er sich genauso rücksichtslos griff wie vorher die Brüste. Seine Finger drangen in mich ein und sein schwerer, schnaubender Atem verriet mir, wie erregt er war. Sein Körper bebte richtiggehend wie ein brodelnder Vulkan, der kurz vor der Eruption stand. Ich wusste, dass genau diese mögliche vorzeitige Eruption mich noch retten könnte und hoffte inbrünstig, dass er einen lähmenden, vorzeitigen, für mich vermutlich rettenden Orgasmus erleben würde. Er warf mich aufs Bett, entledigte sich hastig seiner Unterhose und der rammende Schmerz machte mir klar, dass mich nichts mehr retten würde. Er nahm mich in aller Härte und ohne jegliche Rücksicht auf meine persönliche Integrität. Dazu sprach er einzelne Gebote, die er immer und immer wiederholte. Du sollst nicht begehren deines nächsten Weib. Du sollst nicht Ehe brechen. Du sollst nicht lügen. Es war eine bizarre Situation, als würde er sich rächen oder sich seiner Schuld entledigen wollen. Ich wehrte mich heftigst, rammte ihm meine Fingernägel ins Fleisch und zerkratzte sein Gesicht, dass es heftig blutete. Er sollte nicht ohne Erinnerung davon kommen und man sollte ihm Fragen stellen. Viele unangenehme Fragen. Meine Hand ballte sich zu einer harten Faust und als sich dann die Gelegenheit ergab, suchte sich die Faust ihren Weg in sein Gesicht, zweimal. Sein Auge schwoll sogleich an und wurde unendlich dick, es schien, als würde der von der Schwellung dick gewordene Tränensack in unmittelbarer Zukunft zerplatzen. Dennoch liess er nicht von mir ab. Seine Stösse wurden immer heftiger, drangen tief in mich ein, bis er sich dann final in mich ergoss. Das Schwein, er nahm gar in Kauf, dass ich schwanger würde«, brach Lucinda ab und wischte sich die Tränen aus den Augen.

Ihre stoische Ruhe war den Tränen gewichen, sie weinte und ihr Körper zitterte. Von einer emotionalen Lähmung betroffen sass ich neben ihr, konnte nicht sprechen und noch weniger denken, wusste nicht, ob es richtig wäre, sie tröstend in den Arm zu nehmen oder aufmunternde Worte zu sprechen. Ich schwieg. Der Blick zur Uhr sagte mir, dass ich gerade dabei war, meine Mittagspause zu überziehen. Wir verabschiedeten uns, Lucinda bestand aber darauf, dass wir uns wiedersehen würden. Das versprach ich ihr gerne, dann machte ich mich auf den Weg zurück ins Dorf. Die letzten Meter rannte ich und schaffte es so noch, vor meinem Vorgesetzten am Arbeitsplatz zu sein, niemand hatte gemerkt, dass ich zu lange weg war.

Da ich über den Singkreis nichts hatte in Erfahrung bringen können, vereinbarte ich mit Lucinda ein weiteres Treffen.

7

Meine Achtung vor dem Würdenträger der Kirche hatte sich in Staub und Asche aufgelöst, ich verachtete Gründler fortan und wünschte mir, ich hätte all dies niemals erfahren.

Wiederholungstäter integrieren sich meistens bestens, denn nur so schaffen sie die Grundlage dazu, Wiederholungstäter zu bleiben. Gründler hatte dazu noch Macht, grosse Macht. Er war Beichtvater für alle im Ort, einem sehr gläubigen Ort. Wer Wissen hat, hat Macht und wer sehr persönliches Wissen hat, besitzt vermutlich sogar die absolute Macht. Immer wieder kreisten meine Gedanken um die bizarre Situation, dass Gründler erwiesenermassen ein Vergewaltiger war, der die Schwächsten zu seinem persönlichen Vorteil ausnutzte. Das liess den Schluss zu, dass es weitere Opfer geben musste, Opfer, die das selbe erlebt hatten wie Lucinda. Natürlich würde niemand darüber sprechen wollen, ausser es käme ein Stein ins Rollen, der die anderen mitreissen würde. Oder wenn es gelingen würde, eine Vertrauensbasis zu schaffen bei den Betroffenen. Lucinda könnte da doch helfen, vielleicht würde es gelingen, sie von der Wichtigkeit dieses Vorhabens zu überzeugen.

Wenn es nicht gelingen würde, dann würde ich mir etwas anderes überlegen müssen, aber das konnte nicht weiter im Dunkeln bleiben. Aber es durfte auch bei der Aufklärung nicht an jemanden gelangen, der die Sache seinerseits wieder verschleiern konnte. Es musste einen Big Bang geben. Dabei dachte ich einen kurzen Moment an die Boulevardpresse, die würde mich hier sicher unterstützen können, dennoch sah ich diese Möglichkeit als das letzte aller in Frage kommender Mittel.

Der nächste Singkreisabend kam näher und ich wollte diesmal noch aufmerksamer sein als beim letzten Mal. Alles würde ich aufsaugen und auf meiner biologischen Festplatte speichern, um es später abrufen und analysieren zu können. Feinfühligkeit war gefragt und alle Sinne würden gefragt sein. Der Abend kam näher und ich zusehends aufgeregter, einerseits, weil ich wusste, dass ich Lucinda wiedersehen würde, andrerseits, weil das durch sie gewonnene Wissen nicht unbedingt half ruhig zu bleiben. Ich musste unbedingt verhindern, dass Gründler auf irgendeine Art und Weise in Erfahrung bringen konnte, dass ich wusste, was geschehen war. Meine Nervosität würde mich hier verraten können. Ich war der erste, der an der Tür zum Pfarrhaus klingelte, Gründler öffnete mir persönlich die Türe und war ausgesprochen höflich. Er bot mir schon einmal Getränke an, was ich gerne annahm. Lucinda brachte die Getränke herein und ich glaubte einen Moment lang ein sanftes Lächeln gesehen zu haben. Auch sie gab sich, lediglich für mich sichtbar, Mühe, nicht aufzufallen. Eine Situation wie beim letzten Abend durften wir uns diesmal nicht mehr leisten.

»Wie gefällt es dir bei uns, Martin? Ich hoffe, du konntest dir beim letzten Besuch bereits einen Überblick verschaffen.«

»Soweit das ging schon, ja. Natürlich kann man nach einem ersten Mal nicht entscheiden, wie es einem gefällt. Das geht vielleicht bei einer Wohnung, aber sicherlich nicht, wenn es um Dinge geht, die menschliche Interaktion beinhalten.«

»Sehr schön gesagt, Martin. Ich sehe schon, vielleicht waren meine Schlüsse dir gegenüber ein wenig voreilig. Heute sehe ich, dass du dir viel mehr Gedanken über das Leben und seine Auswüchse machst, als ich das damals im Religionsunterricht hatte sehen können.«

»Auswüchse, Herr Pfarrer, mich interessieren mehrheitlich die Auswüchse, weil diese spannender sind als das Leben. Das Leben selber ist doch nur, was einem gezeigt wird. Die

Auswüchse finden an verdeckten Stellen statt. Im ersten Moment nicht erkennbar, wie ein Krebsgeschwür. Wenn man es dann entdeckt, muss schnell gehandelt werden oder es ist zu spät.«

»Spannend, und wo glaubst du denn Auswüchse zu entdecken?«

»Die finden sich überall und am ehesten da, wo keiner sie vermuten würde. Darum ist es ratsam, mit offenen Augen durchs Leben zu schreiten. Der Glaube eröffnet einem da ganz neue Wege und Ansichten, da bin ich mir sicher.«

Gründler hatte angebissen, er interessierte sich für mich, ohne aber genau zu wissen, worüber ich eigentlich sprach. Er stimmte mir zu und klärte mich über die Gästeliste des heutigen Abends auf. Es liessen sich aus allen wichtigen und einflussreichen Gebieten Leute treffen . So waren unter anderem der Gemeindepräsident, der Vorsteher des Finanzamtes, der lokale Hausarzt, der Inhaber des grössten Arbeitgebers der Umgebung und einige weitere Vertreter des Grosskapitals angesagt. Je mehr Gedanken ich mir machte, um so schwieriger fand ich das Ganze. Der Hausarzt macht gemeinsame Sache mit dem Finanzamt und dem Pfarrer, schon sind die vermutlich intimsten Bereiche der Bevölkerung in Gefahr. Nicht nur der Verdienst, auch die Zusammenarbeit mit den Behörden und andere Angelegenheiten lagen offen auf dem Prüfstand, nein, es wäre theoretisch auch möglich, die Geschicke anderer komplett fernzusteuern. Existenzen würden sich bedrohen, Kapitalverbrechen oder Selbstmorde gar programmieren lassen. Mich schauderte. Wie tief kann ein Mensch nur fallen?

»Kennst du jemanden unserer Gäste von heute Abend persönlich, Martin?«

»Nein, ich muss gestehen, das tue ich nicht. Aber ich freue mich, die Bekanntschaft dieser Herren zu machen.«

»Soweit das möglich ist, heute. Wie du weisst, wir sind eine eingeschworene Gemeinschaft und haben auch unsere Rituale. Wir singen nicht nur gemeinsam, sondern wir verbringen sehr viel Zeit zusammen. Da die Bibel und damit auch biblische Singkreise oft mit Vorurteilen befleckt sind, wollen viele unserer Mitglieder sich weder zeigen noch nach aussen öffnen. Dafür müsstest du dann unserer Singkreis-Gemeinschaft beitreten und das Gelübde ablegen.«

»Was für ein Gelübde? Das tönt ja mehr als geheimnisvoll.«

»Ist es gar nicht, wir wollen nur sicherstellen, dass alle dieselbe Vorstellung haben und gemeinsam behutsam miteinander umgehen, die gegenseitigen Interessen wahren.«

Nach diesem Satz hätte ich ihn anspringen und würgen können. Er war also so eine Schlange. Alles, was er sagte, war genau das Gegenteil von dem was er tat.

»Das kann ich mir vorstellen. Würde mir nicht anders ergehen. Innerlich habe ich mich schon entschieden, ich möchte der Gemeinschaft wirklich beitreten, so schnell wie das nur geht, damit ich als volles Mitglied auch an allen Aktivitäten teilnehmen kann.«

»Gut, Martin, wenn das deinem Wunsch entspricht, werden wir das heute besprechen und die Entscheidung der Runde der Weisen überlassen. Diese wird dann über die Aufnahme beraten und in der nächsten Zeit ihren Entscheid kommunizieren. Erwarte aber keine Wunder.«

Vielleicht war mein Vorgehen zu forsch gewesen und die Alarmglocken schlugen bereits auf Gründlers Seite. Ob ich meinen Vorteil nun verspielt hatte? Ich wusste es nicht und die Ungewissheit blieb, ob ich näher ans Geschehen herankommen würde, oder ob man mich ausbremsen würde. Gerne hätte ich die letzte Stunde ungeschehen gemacht. Ich schuldete meinem Vater Aufklärung und ich wusste auch um meine Verantwortung Lucinda gegenüber. Deswegen durfte ich mir keinen Panne dieser Art mehr leisten, denn diese gefährdeten höchstgradig das Ziel meines Wirkens.

Der Abend im Singkreis verlief unspektakulär, vielleicht sogar zu unspektakulär und es wurde diesmal wirklich gesungen. Das Gefühl aber blieb, dass hier eine Vorstellung für einen Aussenseiter gegeben wurde, der nicht alles wissen sollte. Es gab nur einen, der mir während des Abends aufgefallen war: Der Finanzvorstand der Gemeinde. Urs Hablützel, ein Mann der faktisch alles wusste und wissen musste. Seine wichtigsten Informanten waren die Einwohner der Gemeinde selber, füllten sie ja Jahr für Jahr eine Steuererklärung aus, denunzierten andere, ersuchten um Bewilligungen und bezogen Gelder von der Gemeinde. Wer diesen Mann gegen sich hatte, hatte kaum eine Überlebenschance in der Gemeinde. Dies natürlich nur in einer virtuellen Art. Weil er Informationen besass, hatte er auch die Macht, Informationen gezielt zu nutzen, was in einer kleinen Gemeinschaft wie in unserem Dorf und der Region schnell verheerende Folgen haben konnte. Ihn im Singkreis anzutreffen, war schon einmal ein Alarmzeichen für mich, was mir allerdings fehlte, war das Wissen um seine Rolle in dieser Scheinwelt.

Es blieb mir nun also abzuwarten, ob und wie mich der Singkreis als ständiges Mitglied aufnehmen würde und welche Anforderungen ich noch zu erfüllen hatte, falls überhaupt. Noch rechnete ich nicht mit einer Aufnahme und auch nicht mit einem Entscheid in den kommenden Tagen. Es war Geduld gefordert, eine Tugend, von der ich nicht allzuviel besass. In der Zwischenzeit wollte ich mich noch einmal mit Lucinda treffen und mehr über die Leute im Umfeld von Gründler zu erfahren.

Auf meinem nach Hause weg gingen mir vielerlei Fragen durch den Kopf von denen ich wusste dass ich auf sie eine schlüssige Antwort finden musste, wenn ich weitere Informationen über den Tod meines Vaters in Erfahrung bringen wollte. Erstens, das war eine zentrale Frage, hatte er Schulden bei der Gemeinde oder bei jemandem, der mit Hablützel einen engen Kontakt pflegte? Zweitens, und das war mehr um das Gesamtbild abzurunden, hatte er negative Erlebnisse persönlicher Art mit Gründler oder Hablützel gehabt? Diese Fragen würden helfen zu klären, wo er stand, damals, kurz vor seinem Tode.

Lucinda sass auf der Lichtung, wie schon beim letzten Mal auf den aufgestapelten Baumstämmen und wartete geduldig auf mich. Sie freute sich mich zu sehen, ihr Gesicht verriet sie sofort. Ich drückte sie an mich und spürte eine tiefe Verbundenheit. Das gemeinsame Wissen schweisste uns zusammen und je mehr ich von ihr erfuhr, desto tiefer wurde die Gemeinsamkeit. Sie erzählte mir mehr und mehr über die Ereignisse, die sich innerhalb des Pfarreihauses abspielten an den Singkreisabenden. Doch zuerst fuhr sie an der Stelle weiter, an der Gründler die Dusche repariert hatte. Eines Abends sei es dazu gekommen, dass er ohne anzuklopfen plötzlich und nackt in ihrer kleinen Einliegerwohnung stand, sichtlich erregt und ohne Vorwarnung nahm er sich, was er glaubte, Recht darauf zu haben. Das war bereits das zweite Mal, diesmal gar ohne dass Lucinda sich wehren konnte. Einige Tage später kam dann auch noch aus, dass Gründler mit Äusserungen im Singkreis Lucinda als ‚Meisterstück‘ bezeichnete. An einem der nächsten Singkreisabende, gerade als sie die obligaten Getränke und Häppchen in den mit Matten ausgelegten Raum fuhr, sprang Gründler auf, stellte sich direkt hinter sie, griff mit beiden Händen nach ihren festen Brüsten und fragte die gröhlende Männerrunde, wer bei einem Meisterstück zuschauen wolle. Das Gröhlen sei lauter und lauter geworden und mit einem Male schob Gründler sie in die Mitte des Raumes und der Kreis der Männer schloss sich um die beiden. Der ach so zarte Dorfpfarrer riss ihr die Bluse auf und Lucinda hoffte, dass sich jemand ihrer erbarmen und sie aus den Pranken des Pfarrers retten würde. Doch sie lag falsch. Niemand griff ein. Gründler vergewaltigte sie vor allen Anwesenden. Als er fertig war, bot er sie der gesamten Runde an. Einer nach dem anderen machte mit, sie wurde von allen missbraucht, direkt unter dem Kruzifix, das über dem Eingang des Raumes hing. Pfarrer Gründler hatte den Raum verlassen und kam mit einer kleinen Handycam zurück und filmte den Missbrauch, in Nahaufnahme und in HD-Qualität, immer darauf bedacht, dass man auch die Gesichter der schändenden Männer deutlich erkennen konnte. Nur er selber fehlte auf den

Aufnahmen.

»Nur ein einziger Mann enthielt sich dem Getue, das war dein Vater, Martin. Er setzte sich verbal dafür ein, dass man von mir ablassen sollte und das dies weder biblisch, noch gottgewollt sei. Die Masse lachte, nannte ihn einen Verräter und man drohte ihm für den Fall, dass er in der Öffentlichkeit über die Vorkommnisse reden sollte. Den genauen Inhalt der Drohungen habe ich nicht verstanden, ich war mehr mit meinen eigenen Gefühlen beschäftigt. Dann wurde er aus dem Haus geworfen.«

Ich war sprachlos. Vieles hätte ich erwartet, doch so etwas in unserem Dorf, dann auch noch ausgeführt von der sogenannten angesehenen Elite im Dorf, das hätte ich niemals zu denken gewagt. Lucinda erzählte weiter und redete davon, dass dies nicht das einzige Mal gewesen sei, sondern dass dies eine Regelmässigkeit angenommen hatte.

»Warum bist du nicht einfach geflohen?«, wollte ich von ihr wissen.

»Wie hätte ich fliehen sollen, alle waren sie dabei gewesen: Der Ladenbesitzer, der Posthalter, der Busfahrer, Hablützel und lauter weitere Personen, die meinen Weggang sofort bemerkt hätten. Gründlers Imperium ist verankert im Dorf, eine Art der Schattenwelt, die eine grössere Macht über die Einwohnerschaft der Gemeinde hat als die offizielle. Perfekt, um alle und alles zu erpressen, was man gerade brauchte. Und niemand würde jemals etwas dagegen unternehmen können, denn wer würde schon an Aussagen eines Pfarrers und seinen Getreuen zweifeln? Wohl niemand. Stell dir mal vor, ich hätte mich bei der Polizei gemeldet und hätte eine Anzeige wegen Massenvergewaltigung gemacht und angemerkt, dass unter anderem Hablützel, Gründler, der Posthalter, der Schulvorsteher und andere Vertrauenspersonen aus dem Dorf dabei gewesen seien? Man hätte mich, die kleine Brasilera, die ohnehin nur hier ist, um zu profitieren, doch nur ausgelacht. Dann hätte man vielleicht den Pfarrer noch zum Gespräch vorgeladen und dann wäre die Sache erledigt gewesen. Für mich hätte es dann allerdings erst begonnen.«

»Auch wenn dem so wäre, das kann nicht so weitergehen. Ich muss dem ein Ende setzen und ich muss die Leute stoppen. Das kann ich aber nur, wenn ich genügend Beweise sammeln kann. Ich muss stichfeste Beweise sammeln.«

»Dein Vater hat vermutlich genau das versucht, schau, was aus ihm geworden ist. Er ist tot.«

»Lucinda, es muss einen Weg geben und ich werde ihn finden. Auch wenn ich mein Leben lang dafür kämpfen muss, dass die Leute zur Verantwortung gezogen werden. Sie werden dafür bezahlen. Das verspreche ich dir.«

Ich wollte keine Zeit verlieren, sprang auf und rannte zurück ins Dorf. Gleich am nächsten Morgen wollte ich beginnen, weitere Informationen zusammenzutragen. Ich begann damit, mir die Konten des Pfarrers ein wenig genauer anzuschauen. Dabei fand ich einige spannende Vorkommnisse. So erhielt der Pfarrer immer wieder dieselben Beträge gutgeschrieben. Der Zahlungsvermerk war auch immer derselbe. Hazienda Colombiana. Ich vermutete dahinter ein Entwicklungsprojekt, bis ich feststellte, dass dies Zahlungen waren, die auch immer wieder von denselben Personen geleistet wurden. Typischerweise würde eine einzelne Person einen einmaligen Betrag spenden und nicht zehnmal im Jahr oder in einzelnen Fällen beinahe wöchentlich denselben Betrag überweisen. Es musste sich also um etwas anderes handeln, eine versteckte Zahlung. Ich versuchte festzustellen, ob auf den Konten der Kirche selber etwas über eine Hazienda Colombiana zu finden war, negativ. Nichts dergleichen war zu finden. Allerdings gab es immer mal wieder Zahlungen an einen Mann mit einer Adresse im Kreis 5 in Zürich. Die Beträge waren sehr hoch, meist um die fünfzigtausend Schweizer Franken, manchmal auch mehr. Das musste ein guter Dienstleister für die Kirche sein, dieser Mann. Nicht vorstellbar, dass eine Einzelperson Dienstleistungen in dem Ausmass für eine Kirche auf dem Lande erbringen würde, abgeschieden und einsam. Nichts deutete auf eine Veränderung hin. Die Kirche war weder neu gestrichen worden, noch wurden neue Glocken geliefert und die Orgel war auch schon mindestens gleich alt wie das Gebäude selber. Aus der Ferne waren diese Zahlungen also nicht erklärbar, um weiter zu kommen, musste ich mir die Person einmal aus der Nähe anschauen. Das nahm ich mir für das Wochenende vor.

8

Die Gegend war keine gute, schmuddelig, dunkel und ein multikulturelles Umfeld. Nicht, dass Multikulti unmittelbar für schlecht stünde, aber hier hatte dies definitiv einen Zusammenhang. Das Haus war auffallend gut gepflegt und passte so gar nicht in die Umgebung, die von in sich zerfallenden Häusern geprägt war. In den Hauseingängen hingen überall blaue Lampen, die es den Junkies verunmöglichten, die genaue Position der Blutbahnen zu erkennen. Ein verzweifelter Versuch, die Leute wenigstens von den Hauseingängen fernzuhalten. Der Bauch signalisierte mir umgehend, dass ich nicht hier sein sollte. Definitiv am falschen Ort war ich hier, der vom Land kam und genau so definitiv fiel ich hier auf. Die Junkies wusste sofort, dass sie bei mir weder etwas zum Reinknallen bekommen, noch eine fette Beute bei einem Überfall machen würden und die Dealer wussten sofort, dass ich clean war und keinerlei Absicht hatte, etwas bei ihnen zu kaufen. Man konnte sich darüber streiten, ob das jetzt gar keine Tarnung oder aber die bestmögliche war. Wie ein Kind kannte ich keine der hier auf mich lauernden Gefahren und ich bewegte mich zuerst weg vom Haus, das ich mir anschauen wollte, die Strasse runter. Liess mich treiben in der geschäftigen Hektik der Junkies und der Prostituierten, welche hier jeden noch so kleinen Zentimeter öffentlichen Terrains in Beschlag nahmen und sich selbstsicher und durchaus auch marktgerecht bewegten. Mit allen Mitteln machten sie auf sich aufmerksam, so aufdringlich, dass die anfängliche Neugier sehr rasch wieder verflog und einer gewissen Abscheu wich. Sehr schnell kam die Erkenntnis, dass hier jemand etwas anbot, das im Grundsatz niemand haben will, das mangels Alternativen aber dennoch konsumiert wird. Das eine wie auch das andere. Die Illegalität spielte sich vor meinen Augen ab, mitten in der Öffentlichkeit in einer nie gekannten Selbstverständlichkeit, wie mir schien auch bestens von Ordnungshütern überwacht. Lieber nichts tun, was die Gegenseite in Aufruhr bringen könnte, schien die Devise zu sein. Ungewohnt für jemanden wie mich, der mit Tugenden aufgewachsen war und der noch im Innersten daran glaubte, man müsse sich an alle Regeln halten, wenn man es zu etwas bringen wollte. Hier vor meinen Augen spielte sich etwas ab, das mir genau das Gegenteil suggerierte. Unsichtbar vor meinen Augen spielte sich der Sumpf des Elendes in den Hinterhöfen und in billigen Stundenhotels ab, da wurde gelitten, gestorben, geprügelt, geflucht und ausgenutzt. Alles für den Profit dritter, die sich aus allem Aktiven heraushielten und dann lediglich aktiv Kasse machten. Die Strasse sog mich in sich auf, zog mich wie in einem Strudel immer weiter hinein, ich sah verschiedenste Szenen, doch die Geschichten dahinter waren wieder und wieder die ewig gleichen.

Als ich genug von der Umgebung gesehen hatte, drehte ich um und ging auf der anderen Strassenseite zurück zu meinem Ausgangspunkt und damit zum Ziel meiner privaten Observation. Nach einigen Minuten erreichte ich das Haus und ich liess mich auf einer kleinen gemauerten Brüstung, auf welcher ein gusseiserner Zaun ein ehemals staatlich wirkendes Gebäude säumte, nieder. So sass ich mit einem mässigen Sicherheitsabstand in der ersten Reihe und konnte das Geschehen bestens beobachten. Das Haus war kein Prunkstück, aber verglichen mit dem, was sonst so an der Strasse stand, womöglich die gepflegteste Adresse. In der kleinen Einfahrt stand ein bestens gepflegtes und poliertes amerikanisches Strassenschiff neuster Bauart, die Fenster waren verhangen mit irgendwelchen Tüchern und je länger ich da sass und schaute, bemerkte ich, dass es auch rund um das Haus ein geschäftiges Treiben gab. Da kamen mal gut gekleidete Herren in Taxis vorgefahren, verschwanden im Haus, während das Taxi wartete und keine drei Minuten später kamen dieselben Herren wieder heraus, bestiegen den wartenden Wagen und fuhren wieder weg. Das war aber nicht immer so, manche Herren verschwanden im Haus und kamen lange Zeit nicht wieder, wieder andere bemühten sich um Einlass und nichts geschah, wieder andere wurden durch eine Art Türsteher vor die Türe gesetzt. Merkwürdiges Treiben. Dann kam aber auch eine Gruppe Damen an, alle mit Rollkoffern, welche sie hinter sich herzogen, telefonierend, schwatzend, schweigend - jede wie sie gerade Lust hatte. Auffallend viele sehr hübsche und sehr junge Mädchen, alle sollten sie sich nicht in diesem Umfeld bewegen. Sie schienen hier genau so fehl am Platz zu sein wie ich selbst auch. Mittlerweile hatte ich einen Verdacht, den ich mir aber noch bestätigen musste. Dies hier war ein Umschlagplatz für Drogen, Mädchen und vermutlich noch andere, heisse Ware. Ich beschloss hinzugehen und zu sehen, was ich in Erfahrung bringen konnte. Bevor ich aber die Strasse überquerte, kramte ich aus meiner Jacke ein Stück Papier und einen Stift und kritzelte zwei Worte darauf: Hazienda Colombiana.

Das Herz schlug mir in den Hals und das pulsierende Blut im Kopf verursachte einen stechenden Kopfschmerz, die Hände waren schweissnass und doch konnte ich meine Beine nicht stoppen. Sie trugen mich wie in Hypnose über die Strasse direkt auf den Eingang des Hauses zu. Plötzlich war es mir bewusst, wie gefährlich das nun gleich werden konnte. Doch ich konnte es nicht aufhalten, es musste jetzt geschehen. Ich schob mich an dem in der Einfahrt parkenden Panzer vorbei, immer weiter auf die Türe zu, die mehrheitlich aus Milchglas bestand und von hinten beleuchtet war.

»Na, Landbube, suchst du eine Schlummermutter?«, rief mir ein Mädchen zu, die kaum älter als achtzehn Jahre sein konnte. Ich wusste nicht, was ich sagen sollte und erwiderte darum nur:

»Ach, wenn du wüsstest....«

»Sei doch nicht so, es ist für uns alle irgendwann einmal das erste Mal. Deswegen brauchst du dich nicht zu schämen, wie du siehst, bin ich ja auch hier. Komm mit, ich bring dich rein.«

Sie griff nach meiner Hand und zog mich zur Tür. Noch bevor ich lesen konnte, was auf den Klingeln stand, öffnete sich die Tür und ich blickte auf den massiven Türsteher, an dem keiner vorbei kommen konnte, der nicht sollte.

»Was willst du hier? Ich kenne dich nicht!«

Ich blickte mich fragend zu meiner Begleiterin um doch diese war verschwunden und nun stand ich ganz alleine vor diesem Kerl, der gelinde gesagt nicht gerade nett mit mir umging. Mein Zettel sollte mich retten und so kramte ich diesen aus der Jackentasche und hielt ihm diesen unter die Nase.

»Ich bin auf der Suche nach der Hazienda Colombiana...«
    »Zum Teufel.... warte hier!«

Sein Blick verhiess nichts Gutes, er wandte sich ab, griff nach einem Hörer, der an der Wand hing, tippte einige Ziffern und redete etwas Unverständliches. Meine Knie wurden weich und deuteten an, dass sie demnächst den Dienst versagen würden. Doch bevor ich weglaufen konnte, stand der Türsteher wieder vor mir, deutete auf eine zweite Tür.
»Zweite Etage. Du wirst abgeholt. Ich hoffe, du bist dir sicher, was du tust.«

Der Türöffner surrte, ich drückte die Tür auf und rannte die Treppe hoch so schnell ich konnte. Oben angekommen, stand ich verloren im Treppenhaus. Dann öffnete sich eine Tür und ein Mann mittleren Alters streckte den Kopf durch die Öffnung, forderte mich auf ihm zu folgen. Bald schon standen wir in einem Büro, am Schreibtisch sass ein weiterer Mann, Mitdreissiger, unsympathisch und schroff. Er stellte sich nicht vor und begann sogleich und fordernd mit mir zu reden. Besser: Er zischte mich an.

»Was soll das? Wer hat dich geschickt?«

»Es tut mir leid, ich wollte keinesfalls....«

»Keine Geschichten. Wer hat dich geschickt? Wie hast du mich gefunden? Red schon, oder wir werden dir das Singen beibringen!«

»Ich bin aus freien Stücken gekommen, man hat mich weder geschickt, noch um meinen Besuch gebeten. Es ist nur...«

Er blickte gelangweilt auf die Uhr, stand auf und kam auf mich zu. Unmissverständlich wollte er einen Namen hören und ich wusste genauso nicht, was ich tun sollte. Dann kam mir eine Idee.

»Der Pfarrer!«

»Na siehst du, kleines Dummerchen, es geht doch. Der Pfarrer, der vermeintlich langweilige Dorfpfarrer!«, spottete er und schlug sich die Hände über dem Kopf zusammen.

Noch bevor ich etwas sagen konnte, redete er schon weiter.

»Sag deinem Zuhälter, es tue mir aufrichtig leid, aber die Lieferung konnte ich nicht aufs Land schicken, weil ich jemanden habe, der besser bezahlt hat. Bei mir gibts kein Brot für Brüder und auch kein Koks für Schwestern, nur Cash regiert die Welt. Aber es wird schon klappen, nächste Woche, keine Angst. Der Chor wird nächste Woche kommen und auch das notwendige Gepäck mitbringen. Dann könnt ihr wieder proben. Nur die Reisekosten für den Chor sind leider noch nicht eingegangen. Und jetzt verschwinde, bevor ich mich vor Ärger noch vergesse. Eines noch, sag deinem Helden, er soll es nie wieder wagen, selber herzukommen oder andere zu schicken, das ist gegen die Abmachung. Raus jetzt!«

Seine Handzeichen waren eben so klar wie alles andere um seine Person und seine Aussagen. Wortlos drehte ich mich um und folgte dem andern Herrn raus auf den Flur und ins Treppenhaus. Wortlos öffnete er die Tür, nickte mir freundlich zu und zog die Tür hinter mir wieder zu. Ich wollte nur raus und weg. Als ich unten wieder vor die Tür trat, bemerkte ich, wie eine Hand mich sanft an der Schulter griff.

»Du willst schon wieder weg? Wollen wir noch ein wenig plaudern?«

»Liebend gerne, doch ich werde erwartet. Vielleicht nächstes Mal, ja?«, entgegnete ich ihr, die mich vorhin einfach so alleine gelassen hatte und liess sie nun ebenso stehen.

Nicht, dass dies ihr weh getan hätte. Aber das hatte sein müssen. Vieles war mir nun klarer. Bei der Hazienda Colombiana handelte es sich ganz offensichtlich nicht um ein Hilfsprojekt, wie man meinen könnte, sondern um Drogengeschäfte, welche Gründler tätigte. Am nächsten Tag wollte ich mir auch die Konten der Kirche ein wenig genauer ansehen.

Zuhälter, er hatte Gründler einen Zuhälter genannt, das würde ja heissen, dass neben den Drogengeschäften auch noch Frauen im Spiel waren.

9

Es fiel sofort auf, die Kirche überwies immer wieder Gelder auf Gründlers privates Konto mit dem Vermerk Hilfsprojekt Kolumbien. Und es gab noch weitere Zahlungen vom Konto der Kirche direkt auf das Konto in der Stadt. Der Vermerk hier jeweils: Chorus, Reisekosten. Die Beträge waren aus meiner Sicht horrend. Es handelte sich immer mal wieder um zehntausend Franken pro Zahlung, jeweils einmal im Monat. Nun konnte ich nicht mehr länger stillsitzen und musste mir das Umfeld von Gründlers Klub noch näher anschauen. Ich beschloss, am Sonntag den Gottesdienst zu besuchen, um herauszufinden was eventuell weiter faul war.

Abgesehen davon, dass seine endlos langweilige Predigt ein Witz war, wenn man denselben Wissensstand hatte wie ich, fand sich nichts Auffälliges; doch am Schluss forderte Gründler noch zur Topfkollekte auf. Gesammelt wurde da für ein Schul- und Wohnheimprojekt mit dem Namen Hazienda Colombiana, dazu zeigte er einige Bilder von Kindern und Jugendlichen.

»Liebe Gemeinde, dieses Projekt ist genau darum unterstützenswert, weil es eben die Nachhaltigkeit besitzt, die uns in unserer schnelllebigen Welt oft abhanden kommt. Kinder, die lernen, Jugendliche, die gemeinsam wohnen können, legen den Grundstein für ihren eigenen Weg in die Zukunft. Darum gebt soviel ihr könnt und wollt, damit wir unser gemeinsames Ziel schneller erreichen und diesen Kindern eine lebenswerte Zukunft garantieren können.«

Dieses skrupellose Schwein. Lässt sich seine Kokseskapaden durch die Gemeinde finanzieren und verkauft das dann auch noch als Projekt der Nachhaltigkeit. Nun war mir klarer denn je, ich musste diesen Mann stoppen. Schnell. Nach der Messe wollte ich mich noch einmal mit Lucinda verabreden und versuchen, mehr über diese Choraktivitäten herauszufinden. Doch kaum hatte ich diesen Vorsatz, kam mir noch was anderes in die Quere.

»Nach der Messe stehe ich auch noch zur Beichte zur Verfügung. Im Namen des Vaters, des Sohnes und des Heiligen Geistes. Gehet hin in Frieden.«

Die Orgel dröhnte die Melodie zu einem theatralischen Abgang. Ich schlich mich sofort zu den Beichtstühlen, setzte mich auf eine ein wenig abseits stehende Bank und senkte meinen Kopf tief ins Gesangsbuch. Innerlich wusste ich nicht, was ich mir erhoffte zu sehen und vorstellen konnte ich mir auch nichts. Mein Fokus galt einzig Gründler, er durfte mich unter keinen Umständen sehen, falls doch, würde ich auch eine Beichte ablegen müssen. Nicht, dass dies schlimm gewesen wäre, nur hätte ich dann aufpassen müssen, dass die Beichte nicht zu banal ausfallen würde, gleichzeitig aber durfte sie auch nicht allzu persönlich sein. Aus dem Nichts trat Gründler vor den Beichtstuhl und verschwand, ohne mich gesehen zu haben. Erleichterung machte sich breit, meine letzte obligatorische Beichte lag ja schon einige Jahre zurück. Genau gesagt irgendwann in meiner Schulzeit. Böse darüber war ich nicht, dass es nicht zur Beichte kommen sollte. Jetzt galt es die Rolle des Wartenden oder des Büssenden zu spielen, denn ich wollte in Erfahrung bringen, was sich gleich abspielen würde.

Es dauerte auch gar nicht lange, bis die ersten Beichtwilligen sich langsam dem Beichtstuhl näherten. Gleich beim ersten traute ich meinen Augen kaum. Urs Hablützel, der Finanzvorstand der Gemeinde, war der erste, der sich ein wenig unsicher dem Stuhl näherte. Hablützel...Singkreismitglied und jetzt hier bei der Beichte? Das wollte ich nicht so richtig glauben und beschloss zu prüfen, ob es möglich sein würde, die Beichte zu belauschen. Nicht gerade eine himmlische Sache, aber es musste sein. Kaum war er hinter dem dicken, samtenen Vorhang verschwunden, bewegte ich mich näher zum Beichtstuhl hin. Ich kniete mich in der Bank nieder, schloss die Augen und legte mein Gesicht in meine Hände, konzentrierte mich ganz auf die Geräusche. Schritte hallten durch das Kirchenschiff und machten es sehr schwierig, etwas zu hören. Das dominante, klappernde Geräusch der Schuhe deckte mit seiner stetig anwachsenden Schallwelle alle anderen Geräusche zu. Der Vorhang öffnete sich, Hablützel trat wieder in die Kirche hinaus und eilte schnellen Schrittes dem Ausgang zu, ohne sich hinzusetzen um zu büssen, ohne sich zu bekreuzigen und ohne mit gesegnetem Weihwasser seine Stirn zu benetzen. In der Hand hielt er einen kleinen, zusammengefalteten, weissen Zettel, den er vorsichtig in der Seitentasche seines Sakkos verschwinden liess.

Es dauerte auch gar nicht lange, als ein nächstes mir bekanntes Gesicht auf mich zu kam. Der Posthalter. Auch er verschwand im Beichtstuhl, war nur wenige Minuten da drin und trat wie zuvor Hablützel wieder heraus. In der Hand hielt auch er einen weissen Zettel, der sogleich in der Jackentasche verschwand. Es folgten einige mir unbekannte Damen, die ebenfalls verschwanden und nach viel zu kurzer Zeit wieder erschienen. Ich konnte mir nicht vorstellen, dass jemand, der sich von seinen Sünden erleichtern lassen wollte, dafür kaum zwei ganze Minuten brauchen sollte. Da konnte etwas nicht stimmen, davon war ich überzeugt. Als sich eine weitere Frau näherte, beschloss ich, sah ich meine Chance gekommen, den Geschehnissen noch mehr auf den Grund zu gehen. Die Frau kannte ich auch. Seraina Weber, die Geschäftsführerin des Dorfladens. Sie war im Dorf nicht bekannt für ihre Gläubigkeit, deswegen war ich sehr erstaunt, sie erstens hier in der Kirche zu sehen und zweitens Zeuge zu werden, dass sie sogar eine Beichte ablegen würde. Sie näherte sich zielsicher im Halbdunkel und ich wandte mich schnell ab, bückte mich nach einem Gesangbuch, damit sie mich nicht entdecken würde. Kaum war sie im Beichtstuhl verschwunden, näherte ich mich dem Vorhang. Still blieb ich stehen und lauschte dem, was jetzt kommen würde. Ich liess einen Kontrollblick durch die Kirche schweifen, erkannte dabei, dass diese mittlerweile grösstenteils leer war, einzig im Seitenschiff kniete noch eine kleine Gruppe Menschen, die betete. Ich beschloss daher, mit meinem Lauschangriff fortzufahren, legte mir aber im Kopf dennoch einen Fluchtplan zurecht.

»Im Namen des Vaters, des Sohnes und des heiligen Geistes«, begann Gründler die Zeremonie.

»Seraina ist mein Name.«

»Schön, dass du gekommen bist. Wie sieht es aus da draussen?«

»Ich habe gewartet, bis alle weg sind. Wie immer. Nur im Seitenschiff ist noch ein wenig Betrieb. Die werden aber mit Sicherheit nicht zur Beichte kommen«, sie schien dazu zu schmunzeln.

»Sehr gut. Dann sind wir ja alleine und bestens behütet. Ich habe darauf gewartet, schon lange.«

»Sei doch ein wenig geduldig, ich komme ja immer zur Beichte.«

»Ja, aber die Lebensmittel lieferst du nicht mehr so häufig aus. Ich werde wieder mehr bestellen müssen.«

»Schweig jetzt, wir wollen nicht zu viel reden. Ich will Busse tun...«

Die Stimmen verstummten, hin und wieder waren leise Geräusche zu vernehmen, wenn man gut hinhörte. Die Kirche hatte sich geleert und ein muffig feuchter Geruch stieg mir in die Nase, geschwängert von kaltem Weihrauch und dem typischen Weinkellergeruch. Verwirrt verliess ich die Kirche und machte mich auf den Weg nach Hause.

Die Dunkelheit hatte ihren Mantel über dem Dorf ausgebreitet, deckte alles zu. Das Sichtbare verschwand darunter und das, was man nicht sehen sollte, damit ebenso. Was man noch nie hatte sehen können, blieb ebenso im Verborgenen. Gründler war nicht nur Pfarrer, er war vielmehr kriminell, der eigentliche Pate des Dorfes. Er war es, der sich alles erlauben konnte. Während ich der Strasse entlang ging, tief in meine Gedanken versunken, sah ich etwas Weisses, bemerkte aber erst, als ich darauf trat, dass es ein Stück Papier war. Ein gefaltetes Stück Papier. Sofort blieb ich stehen und griff nach dem Zettel. Ich hielt ihn in der Hand und faltete ihn so zusammen, wie er anscheinend schon einmal gefaltet gewesen war und jawohl, er hatte genau die Form der Zettel, die der Posthalter und zuvor Hablützel in ihren Taschen hatten verschwinden lassen. Aus Neugier liess ich meine Finger über das Papier streichen und fühlte dabei, dass eine kleine Menge eines Pulvers das Papier überzog. Da fiel es mir wie Schuppen von den Augen. Kokain!

Gründler nutzte den Beichtstuhl, um Kokain zu verkaufen. Logisch, darum dauerten die sogenannten Beichten auch nur gute zwei Minuten. Rein, bestellen, bezahlen und wieder raus. Ganz einfach. Niemand würde eine Kirche als Drogenumschlagplatz, einen Beichtstuhl als Drogenbunker und einen Pfarrer als Dealer vermuten. Gründler überraschte mich immer mehr.

Seine Dreistigkeit kannte anscheinend keine Grenzen und ein Gewissen schien er auch keines zu haben. Der Beichtstuhl war aber nicht nur ein Drogenbunker, sondern diente anscheinend auch noch anderen Zwecken. Es schien alles ein System zu haben. Wer bei Gründler beichtete, machte sich, je nach Stellung in der Gesellschaft, angreifbar. Genau das schien er für seine Zwecke zu nutzen und wusste bestens, die Menschen für seine Zwecke zu missbrauchen. Hablützel, beispielsweise. War er nicht das ideale Opfer? Im Kopf lief ein Film ab, der mir eine Erklärung zu liefern schien, wie das funktionieren konnte. Hablützel war zur Beichte erschienen und erzählte von seiner Spielsucht, die er in ganz schwierigen Zeiten mit einigen gekonnten Griffen in die

Gemeindekasse finanzierte. Vielleicht hatte er sogar gesagt, dass er eine detaillierte Buchhaltung darüber geführt hatte, welche Beträge er wann aus der Kasse genommen hatte, um sie später zurückzahlen zu können. Damit hatte Gründler bereits einen Verbündeten. Würde er dieses Wissen auf irgendeine Weise publik machen, dann würde das der sofortige Amtsenthebungsentscheid gegen Hablützel bedeuten. Damit war Hablützel steuerbar, einsetzbar für die Mafia Gründler. Wollte Gründler Informationen haben, über Geschäftsgänge, Steuerbescheide oder sonst irgendwelche Auskünfte, welche ein Finanzvorstand einer Gemeinde so liefern konnte, er würde sie bekommen. Beispielsweise die Informationen über das Verfahren gegen Frau Weber vom Dorfladen, welches sie wegen Steuerbetruges am Hals hatte. Um dies unter dem Deckel zu halten, würde Frau Weber vieles tun, und sie tat es ja auch, wie ich eben in der Kirche mitbekommen hatte.

Niemand in der Gemeinde würde sich gegen den Pfarrer erheben. Schliesslich war er eine Respektsperson, integer und unantastbar. Vertrauensperson in schwierigen Zeiten, Seelsorger für alle Belange. Und niemand der Betroffenen würde je erfahren, dass es weitere Betroffene gab. Das schien logisch zu sein. Ich hatte nichts Verwertbares in der Hand, keinerlei Beweise, nur Aussagen und Bauchgefühle sowie einige belauschte Geräusche im Kopf. Beweise mussten her, das wusste ich, wenn ich wirklich etwas bewegen wollte.

Mein Plan war, mit meiner Fotokamera zurück in die Kirche zu gehen und den Beichtstuhl ein wenig genauer unter die Lupe zu nehmen. Mir war klar, dass dies nur in der Nacht gelingen konnte und mein Abenteuer landläufig auch als Einbruch, mindestens aber Hausfriedensbruch bezeichnet werden konnte. Darauf konnte ich aber keine Rücksicht nehmen. Die Wahrheit musste an die Öffentlichkeit kommen und die Kirchgänger im Dorf mussten wissen, was derjenige, der jeden Sonntag auf die Kanzel stieg, um zu predigen, so neben seiner Tätigkeit als Pfarrer für Hobbies hatte. Um erfolgreich zu sein, war es noch viel zu früh, darum begab ich mich erst einmal nach Hause, ass etwas und setzte mich noch einige Stunden vor den Fernseher. Gegen Mitternacht machte ich mich auf den Weg zur Kirche, überkletterte den Zaun an einer vor Blicken geschützten Stelle und stand dann vor dem grossen, schweren Portal aus massivem, geräuchertem Eichenholz. Ohne zweckgerechtes Werkzeug machte ich mich an einem Seiteneingang zu schaffen, merkte aber bald, dass ich an dieser Stelle nicht erfolgreich sein würde. Einbruch war nicht meine Domäne. Ich stellte mich so ungeschickt an, dass ich es mit dem durch mich verursachten Lärm binnen weniger Minuten zustande brachte, den Sakristan, der direkt gegenüber wohnte, aus dem Bett zu schrecken.

Der kalte Lichtkegel einer LED-Taschenlampe streifte mich, mein Herz begann zu schlagen und pumpte das Blut in Hochdruck durch den Körper, sodass ich das Pulsieren gar noch in den Fingerkuppen und in anderen Extremitäten spüren konnte. Was auch immer jetzt geschehen würde, ich wusste, dass es äusserst schlecht wäre, wenn ich mit etwas aufgefunden werden würde, das man nur schon im weitesten Sinne als Einbruchwerkzeug einstufen konnte. Der grosse Schraubenzieher, den ich als einziges Hilfsmittel von zu Hause mitgenommen hatte, musste folglich sofort verschwinden. Nur, ein metallenes Werkzeug geräuschlos auf einen Sandsteinplattenboden fallen zu lassen, während man selber in einem Lichtkegel stand, das wäre reinste Magie gewesen. Die Lampe kam näher und mit ihr auch derjenige, welcher mich dann als potentiellen Opferstockräuber an Vollenweider übergeben würde. Doch da war jemand, der es gut meinte mit mir. Der Lampenträger strauchelte und fiel hin, so dass ich für einen Moment unbeobachtet war. Just diesen nutzte ich aus, um den Schraubenzieher hinter einem hochgewachsenem Strauch in den Spalt zwischen dem Dachwasserfallstrang und der Kirchenwand einzuklemmen. Schnell stellte ich mich wieder aufrecht hin und drehte mein Gesicht in die Richtung, aus der das Licht vorher gekommen war. Nicht einmal das Dorfkammertheater hätte diese Szene so gut einstudieren können, alles passte, nur der Applaus fehlte. Kaum gedreht, schrumpften meine Pupillen auf Stecknadelgrösse zusammen und automatisiert kniff ich die Augenlider zusammen, um das grell blendende Licht besser ertragen zu können. Noch immer hatte ich keine Ahnung, wer hier auf mich zukam, ich hoffte sehr, es würde sich nur um den Sakristan handeln. Das grelle Licht verhinderte, dass ich das Gesicht klar erkennen konnte, nur die dunkle Silhouette zeichnete sich vor dem noch dunkleren Hintergrund ab, dazu rauschten die Blätter der nahe stehenden Eichen im nächtlichen Sommerwind.

»Wer da? Bleiben Sie ruhig stehen!«, schnitt die vor Aufregung leicht krächzende Stimme die Nacht.

»Das habe ich schon verstanden. Wer sind Sie?«, versuchte ich die Situation zu entschärfen, ohne diesbezüglich einen klaren Plan zu haben.

Die Schritte kamen nun schnell immer näher und von den Geräuschen her zu urteilen, musste es sich um jemanden grösseren Umfangs handeln, was wiederum auf den Sakristan schliessen liess. So war es dann auch.

»Bitterli! Mein Gott, das hätte ich mir niemals erträumen lassen.«

»Herr Karrer, bitte glauben Sie mir, das ist nicht so, wie es scheint. Das ist ja oft das Problem von uns Menschen. Wir urteilen zu oft leichtfertig durch ein Bild, das wir in einem Moment speichern.«

Ich war selber erstaunt, was ich da so dahin redete. Ich musste mir schnellstens etwas zurecht legen, eine plausible Erklärung, warum ich mitten in der Nacht an der Kirchentür rüttelte und unbedingt da hinein musste. Es war von Vorteil, dass die kleine Kompaktkamera, die ich bei mir hatte, so klein war, dass diese ohne grosse Probleme in die Hosentasche passte.

»Was für Bilder? Du redest hier etwas daher, das weder Hand noch Fuss hat. Mitten in der Nacht an der Kirchentür, das riecht sehr verdächtig nach einem geplanten Überfall auf die Opferstöcke, die Kerzenspenden oder nach sonst irgendwelchen Wertgegenständen, die es in so einer Kirche gibt. Goldene Kelche, wertvolle Bibeln oder sonstige Dinge, die es hier drin gibt. Eine Schande, vor allem, wenn man so wie du aus gutem Hause stammt.«

»Herr Karrer, ihre Menschenkenntnis in Ehren, aber Sie enttäuschen mich von Grund auf. Sie wissen um die langen Stunden, die mein seliger Vater gearbeitet hat, stets und jahrelang, voller Demut und Verzicht auf all die irdischen Dinge, die da so locken wie Urlaub, Gasthaus oder Freizeit. Sie wissen auch, dass ich meinen Vater immer unterstützt hatte, ihm zur Hand ging und niemals etwas ausgeschlagen hatte, um das man mich gebeten hatte. Ganz egal, wer damit auf mich zukam. Aufrichtigkeit und Vertrauenswürdigkeit war immer meine Devise. Glauben Sie wirklich, ich hätte eine Lehrstelle bei der Niederlassung der Kantonalbank erhalten, wenn ich diese Werte nicht verkörpert hätte? Sind Sie der Überzeugung, dass ich solche Dinge, die Sie mir eben vorgeworfen haben, in der Nacht tue und während des Tages Ihr Vermögen verwalte und das aller anderer Einwohner unserer Gemeinde? Wenn Sie das wirklich glauben, dann fesseln Sie mich und rufen Sie Vollenweider an. Er soll mich abholen. Wenn Sie aber auch nur einen Moment lang zweifeln, dann lassen Sie mich Ihnen erklären was hier genau Sache ist, damit die Fiktion in Ihrem Kopf der Realität weichen kann. Bitte.«

Karrer wusste gar nicht so recht, wohin er blicken sollte. Seine Taschenlampe blendete längst nicht mehr, sie beleuchtete mittlerweile meine Schuhe. Er rang gerade mit seinen Gefühlen, als ob er nicht zugeben wollte, dass sein Bauch genau wusste, dass ich recht hatte, der Kopf dies aber nicht zulassen wollte. Sein Kopf wiegte hin und her, der Bauch wippte und zuckte leicht dazu und schliesslich lenkte er ein.

»Na, dann erzähl mir deine Version der Geschichte, Martin. Aber versuche gar nicht erst mich hinter das Licht zu führen, denn darauf werde ich nicht hereinfallen.«

»Ich wusste, dass Sie Vernunft walten lassen würden, so wie ich Sie seit Jahren kenne. Die Sache ist an sich recht einfach. Ich war heute mal wieder als verunsicherter Kirchgänger im Gottesdienst. Da ich mich seit einigen Tagen im biblischen Singkreis von Pfarrer Gründler engagiere, bin ich der Überzeugung, dass es mir auch nicht schaden wird, vermehrt zur Kirche zu gehen. Aus diesem Grund bin ich heute hergekommen und habe mich erst in die Messe gesetzt und danach meine Beichte abgelegt. Das war ganz schön anstrengend.«

»Was soll daran anstrengend sein?«

»Aufstehen, hinknien, sitzen und all das in einer Abfolge, die einen ungeübten Kirchgänger wie mich ausser Atem und die Gelenke zum Schmerzen bringt.«

»Verstehe. Aber das legt sich mit der Zeit, Hornhaut kann sich auch auf den Knien bilden«, spottete er beinahe liebenswert vor sich hin.

»Pflichtbewusst wie ich bin, war ich vor der Messe noch in der Bank und habe noch etwas erledigt, das ich vergessen hatte. Darauf bin ich direkt hinüber gelaufen, um noch rechtzeitig da zu sein. Als ich zu Hause war, bemerkte ich, dass ich die Schlüssel zur Bank nicht mehr in meiner Hosentasche hatte. Das, Sie werden dies sicherlich verstehen, ist ein grosses Sicherheitsrisiko. An demselben Schlüsselbund befindet sich der Schlüssel, der es zulässt, die Alarmanlage der Bank auszuschalten, der Tresorschlüssel und weitere wichtige Schlüssel, die in falschen Händen grossen Schaden anrichten könnten. Nicht nur könnte ich wegen diesem Verlust meine eigene Stelle verlieren, nein, es gäbe jemandem die Möglichkeit die Bank zu bestehlen ohne dass dies jemand bemerken würde. Selbsterklärend, dass ich alles auf den Kopf drehte, zu Hause jeden Winkel und jede Ritze durchsuchte, ohne etwas zu finden.«

»Dann ist die Kirche die letzte Möglichkeit!«, nahm er mir meine Schlussfolgerung vorweg.

»Genau, Herr Karrer, darum bin ich hergekommen und wollte sehen, ob die Tür unverriegelt sein würde, so dass ich den Schlüssel suchen könnte.«

»Ohne Taschenlampe?«

»Ja, ich ging davon aus, dass es genügend Licht geben würde, um so etwas wie einen Schlüssel zu finden. Doch da ich nicht weiss, wo genau ich ihn verloren habe, dürfte dies zugegeben nicht ganz einfach sein.«

Karrer hatte mir eben indirekt seine Hilfe angeboten. Nur wusste er das selber noch nicht. Ich würde ihn beim Wort nehmen und genau diese Hilfe einfordern.

»Nun, da ich weiss, dass die Kirche nachts verschlossen ist, würde ich Sie bitten, mir doch die Tür zu öffnen, damit ich nach dem Schlüssel suchen kann.«

»Mitten in der Nacht? Hat das nicht Zeit bis morgen?«

»Leider nicht, aber Sie brauchen mich ja wirklich nicht zu beaufsichtigen. Ich kann, nach dem ich fertig bin, die Tür wieder verschliessen und Ihnen den Schlüssel morgen früh gleich wieder bringen oder gar noch in der Nacht in den Briefkasten legen.«

Ich warf all meine Überzeugungskraft in die Waagschale, setzte auf gekonnte Pausen, damit meine Argumente sich bei Othmar Karrer setzen konnten. Wir standen uns beide im Halbdunkeln gegenüber und schwiegen. Keiner traute sich, die Ruhe zu brechen. Je länger dies so blieb, desto weniger rechnete ich mit dem Einlenken von Karrer. Immer wieder räusperte er sich, so, als ob er etwas sagen wollte, doch dann blieb er doch stumm. Dies wiederholte sich einige Male, bis Karrer dann doch zu sprechen begann.

»Martin, ich sollte nicht darauf eingehen. Wer weiss, wenn dann doch etwas fehlt oder wegkommt, dann bleibt es an mir hängen. Diebstahl ohne Einbruchspuren, wer ausser mir und dem Pfarrer haben denn Zugang zur Kirche?«

»Vertrauen Sie mir, Herr Karrer. Niemals würde ich etwas aus der Kirche entfernen, ausser es handelt sich dabei um den von mir verlorenen Schlüssel. Nehmen Sie doch ein Pfand von mir, wenn morgen nichts fehlt, dann bringen Sie mir das Pfand auf die Arbeit. Das ist doch ein gerechtes Angebot, nicht?«

Ich griff in meine rechte hintere Hosentasche, zog mein Portemonnaie aus derselben und durchsuchte dieses nach meiner Identitätskarte. Lässig klemmte ich sie zwischen zwei Finger und streckte meine Hand in Karrers Richtung aus. Es war deutlich zu spüren, wie er mit sich rang, letztlich griff er dann doch noch zur Plastikkarte und nahm diese an sich.

»Hoffentlich verstehst du das. Es geht nicht darum dass ich dir nicht vertrauen würde, Martin. Es geht mir einzig um Sicherheit. Was würde ich tun, wenn ich meine Stelle verlieren würde? In meinem Alter etwas Neues zu finden, dann noch hier auf dem Dorf, das käme nicht gut. Ganz bestimmt nicht.«

Ich wollte nichts weiter dazu sagen, schwieg und nahm den Schlüsselbund entgegen, den mir Karrer zuhielt. Ein kleiner metallener Ring, ein flaches Textilband und daran drei flache und ein runder Schlüssel. Mein Dank blieb unbeantwortet und als ich mich dem Kirchenportal zuwandte, hörte ich hinter mir die schlurfenden Schritte auf dem Kiesweg, die sich immer weiter von mir entfernten. Der erste Schlüssel, den ich ausprobierte passte nicht, der zweite liess sich im Schloss drehen und die massive, schwere Tür liess sich lautlos aufdrücken. Ein kühler, muffiger Geruch schlug mir ins Gesicht, eine Mischung aus kaltem Kerzenruss, Holz, Wachs und einem Holzpflegeöl. Dazwischen sicher noch einige andere, undefinierbare Nuancen. Die Tür schlug mit einem lauten Knall hinter mir ins Schloss, ich hatte vergessen sie sanft zufallen zu lassen.

Schnell schloss ich die Tür von innen zu, denn ich wollte nicht noch einmal überrascht werden. Es war erstaunlich hell im Innern der Kirche. Vorne hinter dem Altar brannte das ewige Licht und wies mir den Weg zum Kerzenständer für die Spendenkerzen. Mit einem kleinen Anflug eines schlechten

Gewissens griff ich mir drei Kerzen und klaubte ein Feuerzeug aus meiner Hosentasche. Es fühlte sich ein wenig an wie klauen unter den Augen des Richters, Scham spürte ich in Form eines pulsierenden Herzens, sonst war alles normal: Ruhe, Mief und einen Auftrag zu erfüllen. Mit brennender Kerze schritt ich durch die Kirche Richtung Altar, die Flamme wie eine Flagge durch den Luftzug hinter der Kerze wehend, mit regelmässig tropfendem Wachs. Dieser würde am nächsten Tag meinen Weg durch die Kirche verraten. Spontan entschied ich mich, auch in der Sakristei einen Augenschein zu nehmen. Die Verbindungstür von der Kirche in diesen Nebenraum war ebenfalls verschlossen. Der erste Schlüssel passte. Gleich hinter der Tür fand ich einen Lichtschalter, kippte diesen um und vor mir lag der hell erleuchtete Raum. Mein Atem machte der Flamme den Garaus, Rauch stieg auf und vermengte sich mit den anderen Duftpartikeln in der Luft.

Ohne zu wissen, was ich hier eigentlich suchte, öffnete und schloss ich Schubladen, griff zwischen Messgewänder, sah die unspektakulär aufbewahrten Hostien, welche in einem unappetitlichen Plastikbeutel in einem Schrank lagen, beinahe so wie der Bierdeckelvorrat unten im Rössli. In einem anderen Schrank standen kleine Karaffen, offene Weinflaschen und Servicetücher, alles Zubehör für die Messen. Nichts, was irgendwie mein Interesse auf sich gezogen hätte. An der einen Wand fand sich ein schematischer Plan der Kirche mit rechteckigen, grünen Tasten und einigen Drehschaltern über denen geschrieben stand: Glockenautomat. Die Tasten waren nicht beschriftet. Vorsichtig drückte ich auf eine drauf, die sich in der Nähe des grossen Beichtstuhls befand. Ein kontrollierender Blick durch die Tür bestätigte mir die Vermutung, dass es sich bei den Tasten um Lichtschalter handelte.

Ich verliess die Sakristei und begab mich wieder in die Kirche. Ein Blick zur Uhr zeigte mir, dass es gerade nach Mitternacht war. Langsam schritt ich den Bänken entlang, näherte mich immer mehr dem Beichtstuhl. Die Stimmung war komisch, so alleine, nur der Hall meiner Schuhe und ich. Dann stand ich vor dem hölzernen Kasten, schob den dicken Vorhang zur

Seite und fand mich in einem kleinen, zappendusteren Raum vor mit einer kleinen Bank und einem kleinen Gitter aus Holz. Das war alles. Dunkelheit umhüllte mich wieder, die gestohlene Kerze musste wieder her. Das Feuerzeug liess den Docht gleich wieder aufleuchten und liess mich in aller Deutlichkeit sehen, wie der Raum eingerichtet war. Das hölzerne Gitter war Teil einer unscheinbaren hölzernen Platte mit verschiedenen Einlagen. Es wirkte beinahe so, als wäre es eine Tür, einfach ohne irgendwelche Beschläge. An den Wänden waren Einlagen, die mit Schnitzereien verziert waren, es fanden sich auch einige Kreuzsymbole unter den Schnitzereien. Ich setzte mich auf die Bank und liess alles auf mich wirken, suchte nach einer Eingebung. Diese allerdings blieb aus, obschon ich sass, schwieg und einfach darauf wartete. Irgendetwas irritierte mich. Es war still gewesen in der Kirche, doch im Beichtstuhl war es nicht still, es gab ein Nebengeräusch. Es rauschte ganz leicht, nicht laut, aber konstant. Das Geräusch drang hinter dem hölzernen Gitter hervor. Da ich mir im ersten Moment alles andere als sicher war, lauschte ich weiter. Irgendwo hatte ich einmal gelesen, dass der Mensch besser hört, wenn er die Augen schliesst oder im Dunkeln ist. Das wollte ich umgehend prüfen und blies meine Kerze, deren Flamme mittlerweile so oder so schon gefährlich nah an meinen Fingern flackerte, aus. Die Dunkelheit hatte mich zurück und im ersten Moment konnte ich keinen Unterschied wahrnehmen. Ich liess meinen Körper die Gelassenheit in der neuen Situation zurückgewinnen und dann vernahm ich es deutlich. Es rauschte tatsächlich wie das Rauschen eines weit entfernten Wasserhahns oder ähnlich einem Lüfter eines Computers. Eine absurde Idee, ein Computer in einem Beichtstuhl. Der hatte da nichts verloren. Aber so schnell wollte ich das doch nicht auf sich beruhen lassen und beschloss, dem rauschenden Geräusch nachzugehen. Dazu verliess ich den Beichtstuhl und suchte nach dem entsprechenden Eingang auf dessen Rückseite. Ein schwerer Samtvorhang verdeckte den Einblick auf den Eingang. Als ich diesen zur Seite schob, lag ein kleiner Raum vor mir, der mir aber nicht der wirkliche Beichtstuhl zu sein schien. Es dauerte einen Augenblick, bis ich die Tür gefunden hatte, welche den Zugang ins Innerste ermöglichte und war dann gleich erstaunt, dass diese über ein Schloss verfügte. Wieder zückte ich den Schlüsselbund, den mir Karrer in die Hand gegeben hatte. Einen Schlüssel nach dem anderen probierte ich aus aber keiner passte.

»Das darf doch nicht wahr sein! Einer muss doch passen!«, entfuhr es mir.

Doch wie ich es auch drehte, keiner wollte passen. Da dachte ich an meinen Schraubenzieher, den ich draussen vor der Tür zwischen den Dachwasserfallstrang und die Wand geklemmt hatte und war mir sicher, dass ich genau dieses Werkzeug einsetzen würde, um die Tür aufhebeln zu können. Ich wusste das mich dies umgehend verraten würde und so beschloss ich, mich zuvor noch einmal in der Sakristei gründlich umzusehen. Dieser Gedanke zahlte sich aus, ich fand einen weiteren Schlüsselbund mit vielen unterschiedlichen Schlüsseln, der in einem Schlüsselschrank mit der Aufschrift »Reinigungsdienst« hing. Zurück im Beichtstuhl, der direkt an der Wand in einer Ecke stand, probierte ich einen Schlüssel nach dem anderen aus und schon der vierte passte. Die Tür liess sich öffnen und gab den Zugang frei in einen Raum, der ungleich grösser war als der Vorraum und über einen Lichtschalter verfügte. Ich zog die Türe hinter mir zu und betätigte gleichzeitig dazu den Lichtschalter. Ein schummriges Licht fiel in den Raum. Was ich da sah, liess mir den Atem stocken. Da stand ein Schreibtisch mit einer grünen Bankierlampe und einem grossen Bildschirm, in der Ecke ein verschlossener Schrank, in dem verschiedene Servereinrichtungen standen und deren Aktivität durch blinkende und leuchtende Dioden bestätigt wurde. Ebenso stand ein kleiner Tresor in der gegenüberliegenden Ecke, und links davon hing ein weiterer dicker Vorhang von der Decke, der den Raum ein wenig abgrenzte. Ein Blick dahinter zeigte, dass dieser Vorhang die Sprechluke vom restlichen Raum abtrennte. Dieser Raum war nicht nur Beichtstuhl, sondern wie es schien vor allem ein Büro. Aber warum hier ein Büro einrichten? Ein Raum, der nur einem als Arbeitsplatz dienen konnte und der hiess Gründler. Warum braucht Gründler ein Büro hier in der Kirche, wenn er doch drüben im Pfarrhaus über einen Arbeitsplatz mit Fenster verfügte? All das schien mir sehr verdächtig zu sein, und ich begann mich genaustens umzusehen. Dazu setzte ich mich an den Schreibtisch und bewegte mit meiner rechten Hand die Maus mit schnellen Bewegungen im Kreis. Der Bildschirm erwachte sofort und erstaunt stellte ich fest, dass der Zugriff auf den Computer nicht geschützt war. Kein Passwort, keine anderen Zugriffsrechte, dafür viele Ordner, die alle über eine ganz eigenartige Benennung verfügten. Alle trugen sie eine Jahreszahl, gefolgt vom Monat und dann einem weiblichen Vornamen. Mit zwei Klicks stellte ich fest, dass die Ordner teilweise enorme Daten enthalten mussten. Einer der Ordner trug Lucindas Namen. Sein Inhalt liess mein Atem stocken. Es fanden sich hunderte von Bildern und Videos von Lucinda, in ihrer Wohnung, allesamt zeigten sie nackt, unter der Dusche oder in sonst irgendwelchen verachtenden Situationen.

Gründler beobachtete Lucinda und missbrauchte sie, das stand ausser Diskussion. Tonnenweise pornografisches Material, alles ohne ihr Wissen aufgenommen. Es gab da noch einen anderen Ordner, der war mit dem Namen Seraina beschriftet, die Inhaberin des Dorfladens. Ein Augenschein in diesen Ordner zeigte noch eine ganz andere Seite. Da waren Bilder von ihr, wie sie in verschiedenen Situationen mit einem nicht erkennbaren Mann kopulierte. Im Gegensatz zu den Bildern von Lucinda schien es bei diesen Bildern so zu sein, dass die abgelichteten Personen ganz genau wussten, dass sie fotografiert wurden. Wozu dieses Material auf dem Rechner des Pfarrers? Der Computer schien mich in Aufklärung dieser Frage weiterbringen zu können. Es fanden sich einige weitere schockierende Materialien, so unter anderem ein Programm zur Erstellung von Webseiten. Ein Blick in die zuletzt geöffneten Dateien zeigte, dass das Programm vor allem dazu benutzt wurde, um ein pornografisches Internetportal zu erstellen.

Gründler, Inhaber eines Schmuddelportals in der virtuellen Welt?

Unvorstellbar für die Gemeinde und auch für mich, bis gerade eben. Urteilend von der Anzahl der weiblichen Vornamen, die sich in den Ordnernamen fanden, war es eher unwahrscheinlich, dass die Mehrheit der Gemeinde nichts vom Doppelleben des Pfarrers wusste. Nur, die Frage, die sich stellte, war, wer wusste was, wieviel von wem und vor allem über wen. Immer mehr wurde mir klar, dass ich soeben eine neue Aufgabe erhalten hatte, die da hiess: Klarheit schaffen und vor allem auch Gerechtigkeit herbeiführen. Mir wurde klar, Gründler musste weg. Er hatte das Vertrauen der Gemeinde keinen Tag länger verdient und seine Weste war nicht mehr so weiss wie er sie gerne zeigte. Noch einmal öffnete ich den Ordner, der alle Ordner mit dem pornografischen Material enthielt, zog meine Kamera aus der Tasche und schoss Bilder vom Bildschirm, den Inhalten, dem Raum und allem anderen, was mir wichtig erschien. Gleichzeitig filmte ich meinen Weg durch den Raum.

Ich hatte nach etwas gesucht und dabei etwas ganz anderes gefunden. Der heutige Vorgang um den Beichtstuhl hatte meine Aufmerksamkeit auf sich gezogen. Ein wenig lustlos und angewidert klickte ich auf dem Computer weiter herum und dann fand ich einen Ordner mit dem Namen »Hazienda Colombiana« und einen weiteren, der den Namen »Chorprojekt« trug. Mein gesteigertes Interesse galt dem ersteren. Darin fanden sich hunderte von Dateien, Tabellen und Berechnungen. Eine Art Buchhaltung und handgestricktes Warenwirtschaftssystem. In diesem System war klar ersichtlich, wer wann und in welcher Menge die verbotene Substanz von Pfarrer Gründler bezogen hatte. Meine Kamera schoss unermüdlich Bilder von allen Namen, die sich in der Tabelle fanden. Die Sammlung der Namen war interessant, es tauchten viele Vertreter der guten Gesellschaft auf, alles Namen, die wohl keiner in der Gemeinde auf dieser Liste so erwartet hätte und doch fügten sich meine Beobachtungen nahtlos in das Bild ein, das sich mir in den letzten Tagen eröffnet hatte.

Immer deutlicher wurde es, dass unser Dorf eine einzige grosse Lüge war. Eine theaterartige Kulisse für Auswärtige, Touristen und alle die, welche an das Klischee der heilen Welt auf dem Dorfe glauben wollten. Mitten drin schien sich auch noch die nach aussen hin vertrauenswürdigste Respektsperson, welche die Gemeinde zu bieten hatte, zu bewegen. Der Pate war der Pfarrer, der Herr über seine Schäfchen, immer mit einer weissen Weste. Es wurde ganz offen mit Drogen gehandelt und der Umschlagplatz war der unauffälligste, den es überhaupt geben konnte, der Beichtstuhl, welcher beinahe im geografischen Zentrum der Gemeinde stand. Umschlagplatz für bildgewordene, realwirtschaftlich gehandelte, teils gestohlene elektronische Fantasien und für illegale Drogen. Schaltzentrale des Vertrauensmissbrauchs, beschützt von loyalen und leichtgläubigen Menschen wie Karrer, die mit ihrem Verhalten automatisch verhinderten, dass die Verfehlungen der Obrigkeiten publik werden konnten.

Angewidert ob der Kundenliste des Pfarrers, schaute ich mich weiter in seinem Beichtstuhlbüro um. Im Boden gleich hinter dem Schreibtisch befand sich eine Luke. Die Luke war ein Einstieg in einen unterirdischen Verbindungsgang, der, so vermutete ich, hinüber ins Pfarrhaus führte. Da ich zu fortgeschrittener nächtlicher Stunde nicht damit rechnen musste, unterwegs Gründler zu begegnen, wagte ich den Einstieg in den Tunnel. Aber weit gefehlt, der Tunnel war nicht nur ein Tunnel, sondern diente gleichzeitig auch als Aufnahmestudio. In einer Verbreiterung des Tunnels fanden sich bereits aufgebaute Stative, fest installierte Beleuchtungssysteme und diverse Utensilien für die Studiofotografie, Videotechnik, Kulissen und Requisiten. Zwei Bildschirme an der Wand zeigten Videobilder aus dem Kirchenschiff, gleich vor dem Beichtstuhl und vom Vorplatz des Pfarrhauses. Zwei kleine runde, farblich unauffällige Knöpfe befanden sich direkt neben den Bildschirmen. Ich vermutete, dass es sich bei diesen Knöpfen um Türöffner handelte. Ein Hinweis darauf, dass Gründler hier in seinem Studio Besuch empfing. Besuch, dem es möglich war, direkt aus dem unauffälligsten Gebäude der Gemeinde, direkt ins Zentrum der Kriminalität zu gelangen. Wer würde diese Geschichte glauben? Wohl niemand, das war mir klar. Es musste mir gelingen, das Gesehene und Fotografierte mit Hilfe von Vertrauenspersonen publik zu machen. Vollenweider würde mir helfen müssen. Er hatte mich selber um Vertrauen gebeten, nun würde ich ihm dasselbe entgegenbringen und ihn bitten, mich in der Suche nach Gerechtigkeit zu unterstützen. Doch meine Anschuldigung, das war mir längstens klar, musste so wasserdicht wie irgendwie nur möglich sein. Ich würde, wenn überhaupt, nur eine einzige Chance bekommen. Diese durfte ich nicht ungenutzt lassen, denn wenn ich die Chance verspielen würde, dann waren da nicht unendlich viele Personen, die mir helfen würden oder die überhaupt zu dem Kreis der Leute zählten, die über genügend weitreichenden Einfluss verfügten. Sofort war mir das belauschte Gespräch zwischen Seraina Weber und Gründler wieder präsent. Gründler hatte sich darüber beschwert, dass sie die Lebensmittel nicht mehr so häufig auslieferte. Sie wollte Busse tun. Tat sie Busse hier? In dieser Kaverne, die von beiden Seiten her zugänglich war? Also von der Seite her, wo sie die Lebensmittel abliefern würde und auch von der Seite her, wo sie beichten würde? Wenn die Eingänge videoüberwacht waren, dann erwartete ich auch, dass die Kaverne ebenso mit mindestens einer, eventuell sogar äusserst hoch empfindlichen, Kamera überwacht war. Dabei ertappte ich mich, wie mein Blick suchend über die Wände strich. Von der Bank wusste ich, dass die Bilder gespeichert wurden, die Kameras häufig durch Bewegungssensoren gesteuert wurden. Gründler hätte mich dann entsprechend auf Video und damit einen Beweis, dass ich Bescheid wusste über seine ausserdienstlichen Tätigkeiten. Vielleicht hatte er mich auch schon gefilmt, als ich in der Nähe des Beichtstuhls war. Das musste ich unbedingt prüfen. Prüfen wollte ich auch, ob es möglich war, aus dem öffentlich zugänglichen Bereichs des Beichtstuhls in die Katakombe zu gelangen. Aber erst eines nach dem anderen.

Der Computer war ja nicht gesichert und so suchte ich auf

dessen Festplatte nach Videodateien, die von Überwachungskameras stammten und wurde auch bald fündig. Nicht nur die Kirche war komplett überwacht, auch wie angenommen die Katakombe, das gesamte Pfarrhaus, der Parkplatz vor der Kirche und dem Pfarrhaus, Büoräumlichkeiten, den Gruppenraum im Pfarrhaus sowie alle Zufahrten zur Kirche. Damit konnte so ziemlich jeder Kirchgänger, egal in welcher Absicht er das Gotteshaus betrat, überwacht werden. Auch der Eingang zur Kirche, an dem Karrer mir den Schlüssel übergeben hatte, war überwacht. Doch damit nicht genug. Die Kameras nahmen nicht nur hochauflösende Videobilder, sondern auch glasklaren Ton auf. Wirklich gut, dass ich diese Eingebung gehabt hatte, denn einige Klicks auf die Dateien, die vor dem Kircheneingang aufgenommen wurden bewiesen, dass ich mich mit Karrer unterhalten hatte. Deutlich war auch sichtbar, wie ich den Schraubenzieher deponierte und wie Karrer mir den Schlüssel überreichte. Ich war am heutigen Tag zum absoluten Videostar aufgestiegen und Gründler hätte alle Möglichkeiten, mich direkt ans Messer zu liefern. Hausfriedensbruch wäre das Mindeste was man mir würde anlasten können. Die Dateien des gesamten Tages mussten verschwinden. Aber eben nur für Gründler, nicht aber für mich. Ich suchte überall nach einem geeigneten Datenträger, fand dann in einem Schrank gleich hinter dem Schreibtisch einige noch originalverpackte Memory-Sticks. Gross genug um alle Daten aufzunehmen. Ich steckte einen Stick nach dem anderen ein, zog Ordner nach Ordner auf den Stick und löschte danach den Inhalt der Originalordner auf dem Rechner. Da am Schluss noch Platz auf dem Stick übrig war, zog ich die Ordner, die den Namen Chorprojekt, Seraina und Lucinda im Namen trugen, ebenfalls noch auf den Stick und entwendete auch noch die Datei mit der Buchhaltung der »Hazienda Colombiana«. Damit hatte ich alles, was ich brauchte, um meine wasserdichte Argumentationskette aufzubauen und dann auch entsprechend verwerten zu können. Nachdem die Mission im Untergrund erledigt war, fehlte mir noch etwas, das Wissen darüber, ob sich die Trennwand im Beichtstuhl irgendwie öffnen liess. Um es kurz zu machen: Sie liess sich tatsächlich öffnen. Es dauerte eine gute Viertelstunde, bis ich den durchwegs raffinierten Trick gefunden hatte. Durch die Gewichtsbelastung der Kniebank löste sich die Arretierung und ein Teil der Trennwand liess sich nach rechts wegschieben wie eine leichtläufige, geräuschlose Schiebetür, die rechtzeitig sanft abgebremst wurde, um dadurch einen geräuschvollen Anschlag zu verhindern. Gründler hatte ganz offensichtlich die Zeit seit seiner Amtseinsetzung bestens genutzt. Ein Blick zur Uhr verriet mir, dass es nicht mehr lange dauern würde, bis die Amseln den neuen Tag singend begrüssen und die Spinnen den Tau aus ihren Netzen trinken würden. Vier Uhr morgens und ich war noch immer wach, lautlos schlich ich mich aus der Kirche, verschloss die Tür ebenso sorgfältig wie lautlos und griff nach meinem Schraubenzieher. Den Schlüssel wollte ich schnellstmöglich los werden und warf ihn aus diesem Grund direkt in Karrers Briefkasten ein. Ein lautes, metallenes Geräusch verdeutlichte, dass der Schlüssel tief genug gefallen war und ich machte mich schnellstens auf den Weg nach Hause, damit ich wenigstens noch eine Stunde schlafen und mich vor der Arbeit noch duschen konnte. Was für ein Sonntag!

10

Der Morgen verlief ohne Zwischenfälle und vor allem, ohne dass mich Karrer in der Schalterhalle der Bank besuchte. Somit hatte man nicht bemerkt, dass ich sehr wohl gestohlen hatte. Die Bank hatte jeweils am Montag Nachmittag geschlossen, was mir heute ungemein half. Ich hatte Mühe, mich zu konzentrieren und die Augen offen zu halten. Die Blicke des Direktors zeigten mir klar, dass er keine Freude hatte an der Art, wie ich zur Arbeit erschienen war.

»Herr Bitterli, jeder schläft mal schlecht, keine Frage. Sie sollten sich aber mal um einen Arzttermin bemühen, denn so häufig wie Sie schlecht schlafen in letzter Zeit…«, massregelte er mich im Vorbeigehen.

»Vielleicht haben Sie recht, Herr Bürgi. Ich bitte Sie aber zu bedenken, dass ich vor einigen Tagen meinen Vater verloren habe. Das kann ich nicht einfach ausblenden und zur Tagesordnung übergehen.«

»Entschuldigen Sie, es war nicht so gemeint. Selbstverständlich unterstützen wir Sie, Sie haben alle Zeit, die Sie brauchen. Wenn wir zusätzlich etwas für Sie tun können, lassen Sie es mich wissen.«

Er verschwand, sichtlich betreten über seinen Fauxpas. Ich schloss die Schalterhalle und machte mich auf den Weg nach Hause, wo Mutter mich bereits zum Mittagessen erwartete.

»Gründler ist der Pate!«, begann ich ohne jede Vorwarnung das Gespräch während des Essens.

»Bitte was?«

»Gründler, der Pfarrer, er ist nicht so unschuldig und vertrauenswürdig wie er sich gibt. Er ist ein Schwein, ein Verbrecher.«

»Martin, denke an deine Erziehung. Der Pfarrer ist wie der Vater der Gemeinde, soll geachtet werden und man soll ihm mit Respekt entgegentreten. Er ist der Vertreter Gottes unter uns.«

»Nun trag mal nicht zu dick auf, Mama, ich werde dir alles Beweisen. Vertraust du mir?«

»Warum glaubst du, dass ich dir nicht vertrauen soll? Ich habe dich gross gezogen und einiges mit dir erlebt. Sicher hast du mein Vertrauen.«

»Kannst du auch Schweigen?«

»Was soll die Fragerei? Dein verstorbener Vater und ich hatten einige Geheimnisse, die noch nicht mal heute jemand kennt. Du kannst mir also getrost alles anvertrauen. Aber ich glaube kein Wort von dem, was du über Pfarrer Gründler gesagt hast, weil...«

»Schweig Mama, du wirst deinen Augen nicht trauen, wenn du meine Beweise siehst. Lass uns aber zuerst das Essen fertig geniessen.«

Ich senkte meinen Blick wieder auf den Teller und löffelte teilnahmslos weiter, mir dabei überlegend, wie ich ihr meinen Verdacht und die hoffentlich noch folgenden Beweise schonend näher bringen sollte. Meine Mutter war eine derjenigen, die Gründler den von ihr eben beschriebenen Respekt entgegenbrachten. Seit Jahren und bedingungslos. Sie hatte nicht einmal hinterfragt warum er immer bestens informiert war über alles, was in der Gemeinde passierte oder warum er oftmals schon wusste, wie ein Entscheid ausgehen würde. Mir schien, dass ich die Antwort darauf gefunden hatte. Beweise dafür hatte ich noch keine, dafür mehr als genug Hinweise, dass nicht alles in göttlicher Richtigkeit lag.

Ich nahm mir vor, alle Ungereimtheiten, die sich in unserem Dorf in den letzten Jahren so zugetragen hatten, zu prüfen und nach Verbindungen zu suchen, die zu Gründler führten. Innerlich war ich die Ruhe in Person, denn ich war mir sehr, sehr sicher, dass es einige Verbindungen geben musste und der Schlüssel zu allem waren der Beichtstuhl und der Singkreis. Diese Erkenntnis offenbarte sich einem aber nur, wenn man so wie ich einen vertieften Einblick in die Machenschaften von Gründler und seiner Entourage hatte.

11

Vater musste etwas hinterlassen haben, das war mit Sicherheit so und ich musste das finden. Gründler war ein Teil des Puzzels, aber womit hatte er sonst noch zu tun, ausser mit den Nacktbildern und der Geschichte mit dem Drogenhandel? Ich hatte herausgefunden, dass er auch Geldspenden, die seine Kirchgänger allwöchentlich in den Opferstöcken versenkten, unterschlug. Aber hatte er auch etwas mit dem Mord an Vater zu tun? Von der ersten Minute an glaubte ich nicht an die Möglichkeit eines Suizides, auch wenn Gründler mich in die Richtung lenken wollte. Vollenweider zog bemerkenswerterweise in eine komplett andere Richtung und redete gleich von Anfang an über Tatwaffe, Spurenbild und liess auch Aegerter gleich verhaften. Wie können zwei Menschen, die gleichzeitig am gleichen Fall arbeiteten, der eine, um ihn zu klären und der andere in seiner Aufgabe als Seelsorger, zwei so unterschiedliche Auffassungen haben? Mit längerem Nachdenken über die Situation begann mich die Sache zu stören. Es wäre doch, gerade in dieser für die Betroffenen tragischen Situation eines Todesfalls, wichtig, wenn sie klare Informationen bekommen würden. Das war in unserem spezifischen Falle nicht geschehen. Wir erhielten unterschiedliche Informationen, beinahe zeitgleich, und man nahm mir noch einen meiner besten Freunde, der mir hätte helfen können, das Erlebte zu verarbeiten. Indem man Aegerter wegsperrte, schaffte Vollenweider noch mehr Unsicherheiten bei mir und letztlich auch Schuldgefühle.

Gründler versuchte dann alles, um mich wieder aufzubauen. Mindestens mental schuf dies eine teilweise Abhängigkeit von Gründler, denn ich wollte ja an meinen Gefühlen arbeiten, er aber liess mit seinen Äusserungen bezüglich Suizid nicht zu, dass ich mich zu gut fühlen konnte.

In meinem Kopf liefen die wildesten Szenerien ab, ich spielte alle Möglichkeiten durch, die ich mir in irgendeiner Form vorstellen konnte, auch die, welche mir nicht die am naheliegendsten schienen. Noch während die Bilder an meiner inneren Leinwand flackerten, hatte ich den Telefonhörer in der Hand und tippte die Nummer von Pius ein. Ein leises Knacken, Stille und dann endlich, ein Freizeichen.

»Ja!«, raunte Pius an seinem Ende in die Sprechmuschel.

»Hallo Pius, Martin hier. Ich muss dringend mit dir sprechen.«

»Was willst du denn? Ich wüsste nicht, was ich dir zu sagen hätte, nach all dem, was mir widerfahren ist. Verständlich, nicht?«

Sein Ärger war deutlich und unmissverständlich zu spüren. Die Spannung, die in der Luft lag, fühlte sich beinahe so an, wie wenn es demnächst zu einer grossen Keilerei zwischen uns beiden kommen würde, obwohl wir beide in sicherer Distanz waren. Ganz klar hatte ich Verständnis für ihn, hatte ich mich in der ganzen Zeit, in der er in Untersuchungshaft sass, nie bei ihm gemeldet, noch hatte ich mich danach bei ihm erkundigt, wie es ihm ergangen war. Nur über Vollenweider liess ich Grüsse ausrichten und fragte auch nur über diesen Weg Informationen ab. Grund genug, um wirklich sauer zu sein. Wäre mir auch nicht anders ergangen.

»Ja, ich hatte mich falsch verhalten, was mir heute auch leid tut. Kannst du dir vorstellen, wie die Situation für mich war? Man sagte mir, dass mein Vater umgebracht worden sei, womit ich irgendwie hätte leben können, auch wenn es enorm weh tat. Nur Minuten später kommt jemand anders und erzählt mir was von Suizid, was dann plötzlich das ganze Dorf nachplappert. Nie im Leben hat mein Vater Suizid begangen. Dafür war er zu stolz, aufrichtig, zu mutig und es hätte nie zu seinem Profil gepasst. Niemals. Dann nimmt man mir noch meinen besten Freund, den ich genau in dieser Situation am allermeisten gebraucht hätte. Das war auch für mich nicht einfach.«

»Du hättest dich danach einmal melden können. Ohne Probleme.«

»Ja, da hast du recht und das war ein Versäumnis von mir, dass ich dies nicht getan hatte. Doch auch dafür gibt es Gründe, die ich dir gerne erzähle nur nicht gerade jetzt. Es bedarf noch ein wenig mehr Klarheit, bevor ich dich damit belasten will.«

Wir redeten noch eine ganze Weile, schoben uns Erklärungen hin und her, es gab auch noch einige Vorwürfe, die im Raum, aber nicht mehr zwischen uns standen und die Erwartungen, die ein jeder an den anderen hatte, wurden rasch geklärt. Pius begann daraufhin seinen Kropf zu leeren und erzählte von der Untersuchungshaft. Davon wie er mit wirklichen Straftätern in einer Sammelzelle sass, immer mal wieder abgeholt und verhört wurde.

»Die Verhöre, wie liefen die denn so ab? War das so wie im Film, ein Tisch, Stuhl und eine Lampe, dazu zwei Polizisten, der eine stumm wie ein Fisch und der andere stetig fragend?«

»Nein, ganz und gar nicht. Bei mir war da immer nur der eine, der schon da war, kurz nachdem wir deinen Vater gefunden hatten.«

»Vollenweider!«, entfuhr es mir.

»Ja, genau so hiess er. Vollenweider!«, wiederholte Pius bestätigend.

Es gab aus meiner Sicht keine einzige Erklärung die es gerechtfertigt hätte, Verhöre in einem Mordfall durch einen einzigen Kommissar durchführen zu lassen. Zu wichtig waren die Erkenntnisse, die man sich aus solchen Verhören versprach und zu viel hing für den Tatverdächtigen daran. Pius erzählte dann auch noch, dass zu keinem Zeitpunkt ein Strafverteidiger hinzugezogen wurde. Einzig seine Eltern habe er anrufen können, berichtete er.

»Was wurde dir denn konkret vorgeworfen?«

»Vorgeworfen? Nichts. Vollenweider redete mit mir immer und immer wieder darüber, wie ich ihn gefunden hatte, was mir am Tatort aufgefallen sei, ob ich irgendwelche Spuren oder Hinweise habe sehen können, immer wieder von vorne. Er stellte viele Suggestivfragen, fragte auch immer wieder danach, ob ich mir auch nicht richtig vorstellen könne, dass dein Vater Selbstmord begangen habe und zählte immer und immer wieder mögliche Namen von Tätern auf. Dann musste ich mir auch immer wieder Bilder anschauen von Männern, Fahndungsbilder, ich wurde dazu gefragt, ob ich die schon einmal gesehen hatte oder nicht. Alles war ein wenig wirr und unwirklich. Je länger das dauerte, umso mehr glaubte ich auch, dass ich für die Beantwortung dieser Fragen gar nicht erst hätte im Gefängnis sitzen müssen. Das Gefühl ein guter Zeitvertreibspartner für Vollenweider zu sein, nistete sich mit der Zeit bei mir immer hartnäckiger ein.«

»Hattest du dich darüber einmal beschwert oder mit irgendjemandem darüber gesprochen?«

»Nein, mit wem auch? Da war niemand und ich habe in der ganzen Zeit auch niemanden anderen ausser Vollenweider gesehen. Nur Unterarme von Männern, wenn sie mir das Essen durch die als Durchreiche dienende Türluke gereicht haben.«

Wir verabredeten uns unverbindlich für die kommenden Tage und beendeten dann das Gespräch. Was ich da erfahren hatte beunruhigte mich immer mehr und liess meinen ursprünglichen Willen, mit Vollenweider uneingeschränkt zu kooperieren, wieder auf einen absoluten Nullpunkt sinken. Mein Gefühl sagte mir, dass hier etwas nicht stimmen konnte. Es gab für mich aber gleichzeitig auch keinen Grund, um Aegerter keinen Glauben zu schenken. Meine Liste hatte nun einen zweiten Punkt bekommen. Erstens wollte ich prüfen, was Vaters Unterlagen hergeben würden und zweitens hatte ich mir vorgenommen, Vollenweider ein wenig genauer zu überprüfen.

Die Tür knarrte in den Angeln und begleitet von diesem Knarren trat Mutter ins Zimmer hinein, schaute mich durchdringend und fragend zugleich an und schwieg. Ich schwieg zurück, hatte ich ihr doch schon beim Essen gesagt, dass ich sie über meine Erkenntnisse ins Bild setzen werde. Ich wollte ganz einfach noch nicht, denn die Resultate waren noch dünn, und wie ich eben gelernt hatte, womöglich auch noch keineswegs komplett. Ich schob mich mit dem Rücken an der Wand an Mutter vorbei, glitt aus dem Zimmer auf den Flur hinaus und verschwand daraufhin im Arbeitszimmer, wo Vater immer alle seine Dinge erledigt hatte. Mein Blick schweifte suchend über alle Regale, die Wände, den Arbeitstisch und dann langsam wieder zurück. Wie die Lichtquelle eines Scanners tastete mein Blick alles ab, was in irgendeiner Form wichtig werden konnte. Doch da war nichts dergleichen erkennbar. Ich griff mir einen der vielen Ordner, die im Gestell standen, schlug ihn auf und blätterte interessiert durch. Nach einigen Seiten wurde mir klar, dass es sich um Verkaufsquittungen für verkauftes Vieh handelte. Der Ordner enthielt mehrere hundert Belege, alle schön sortiert nach dem Alphabet und nach den aufgedruckten Beträgen. Ein Merkmal fiel mir hierbei auf, bei den aufgedruckten Beträgen stand immer noch ein Betrag in Handschrift und daneben drei Buchstaben „mHs“. Das war alles. Es schien mir ein neues Rätsel zu geben. Alles hatten die Beträge gemeinsam: Sie waren allesamt höher als die aufgedruckten Beträge. Ich klappte den Ordner zu, legte ihn weg und setzte mich auf den Bürodrehstuhl. Ganz entspannt liess ich mich nach hinten in die Lehne fallen, legte meine Füsse auf den Tisch und dachte nach. Dabei driftete ich ab und starrte Löcher in die Luft, darauf wartend, dass sich vor meinem inneren Auge ein Film mit der Lösung des Rätsels abspielen würde. Doch nichts geschah. Hier kam ich nicht weiter und so griff ich mir einen der Ablagekörbe, in der hinteren rechten Ecke des Arbeitstisches standen. Im obersten Fach befanden sich diverse Unterlagen bezüglich Weiterbildungsangeboten, einige leere Umschläge und eine handschriftliche Notiz, die aus einem Datum, einer Uhrzeit und dem Namen eines Restaurants bestand. Das konnte alles sein. Ich beschloss, diese Notiz mit Vollenweider zu teilen und ihn zu fragen, ob er wisse worum es dabei gehen könne. Das war ein weiterer Punkt, der mich irgendwie störte: Vollenweider hatte sich zu keinem Zeitpunkt in unserem Haus umgesehen. Lediglich unten im grossen Wohnzimmer und in der Küche hatte er mit mir gesessen und geredet. Kein Blick in Vaters Sachen, keine Fragen und nichts all jener ermittlungstechnischen Dinge, die man in jedem Krimi gesehen hätte. Beinahe so, als wäre es nicht relevant für den Fall. Das konnte es ja nur sein, wenn man die Lösung bereits kannte. Man suchte aber noch nach der Lösung, respektive dem Täter. In den restlichen Ablagefächern lag nichts Interessantes, einzig eine komplette Adressliste mit Emailadressen, die ich Gründlers Singkreis zuordnen konnte, das war alles an Ausbeute. Vater war bekannt für seine ausgezeichnete Ordnung. Nichts Überflüssiges lag herum, alles, was er einige Wochen nicht in den Händen gehabt hatte, entsorgte er immer gleich. Das machte die Sache nicht einfacher für mich.

Mutter tauchte wieder auf und blieb diesmal nicht ruhig. Sie schrie mich schon beinahe an.

»Vergiss bloss nicht deine Arbeit! Die Bank sollte in wenigen Minuten wieder öffnen und du sitzt noch hier, als ob heute dein arbeitsfreier Tag wäre! Mach dich vom Acker, junger Mann, und los jetzt!«

»Mist. So ein verfluchter Mist!«, fluchte ich vor mich hin und rannte stolpernd aus dem Arbeitszimmer und aus dem Haus.

Ich schaffte es gerade noch rechtzeitig an meinen Arbeitsplatz. Bald stellte sich heraus, dass die Hektik vollkommen unnötig gewesen wäre.

Der Niederlassungsleiter war ausser Hause und die Schalterhalle war so leer wie nachts und blieb das auch. So konnte ich mir Zeit nehmen, um diverse Buchungen zu erledigen, die ich noch nicht gemacht hatte und ganz unauffällig prüfte ich zwischendurch Vollenweiders Privatkonto, ebenso nicht wissend, wonach ich suchte. Viel gab es da nicht zu sehen, da waren einige Zahlungseingänge, ein regelmässiges, erstaunlich kleines Salär, einige Daueraufträge für Miete und Krankenversicherung und einige interessante Zahlungen an die Kirchgemeinde mit dem Vermerk Chorgesangsabende. Die Zahlungen waren recht hoch und über alles zu urteilen konnte man sehen, dass Vollenweider eher am oberen Rand seiner Verhältnisse lebte. Nicht weiter schlimm, das war ein Bild, das ich häufiger sah, die Konsumwelt forderte regelmässig ihre Opfer.

Die Zeit schlich sich der Uhr entlang und der Nachmittag schien mir endlos zu sein. Erdrückend endlos. Karrer trat kurz vor Schalterschluss ein und schob mir die Identitätskarte durch den Schlitz unter dem Panzerglas hindurch. Die Schalterhalle schloss um vier Uhr nachmittags und ich nahm mir vor, direkt im Anschluss Vollenweider in seinem Büro zu besuchen. Er würde mir vielleicht Angaben machen können zur Notiz und ich wollte sehen, ob ich über diese Chorgesangsabende etwas in Erfahrung bringen konnte, ohne mich dabei zu verraten. Nutzung von Kundendaten für private Zwecke war nichts Feines, wenn auch manchmal lukrativ, abhängig davon, wem man die CD gerade verkaufen konnte. Ein Lächeln huschte über meine Wangen.

Die Strassen waren leer und ich schritt vergnügt in Richtung Polizeiwache. Die Dame am Schalter war ausserordentlich nett zu mir, als sie meinen Namen hörte und bekundete auch ihr Beileid. Vollenweider sei noch nicht zurück, er sei aber in den nächsten Minuten da, sagte sie entschuldigend zu mir, bot Getränke und einen bequemen Sessel zum Warten an. Kaum hatte ich mich gesetzt, flog auch schon die Tür auf, und mitten drin stand Vollenweider, einige Magazine unter dem Arm.

Er vermittelte nicht gerade den Eindruck eines arbeitenden Mannes, eher jenen eines rüstigen Seniors, der gerade von seinem Nachmittagsausflug ins lokale Kaffeehaus zurück kam. Durch die Glastüre konnte ich sehen, wie die Polizistin einige Worte mit Vollenweider wechselte und ohne sich umzudrehen in meine Richtung wies. Danach verschwand sie und liess Vollenweider stehen, der sogleich bei mir im Warteraum stand.

»Welche Überraschung, Martin! Willst du mich nun doch noch unterstützen?«

»Nun, ich hatte immer gesagt, dass, wenn ich etwas entdecken würde, ich mich umgehend melden und kooperieren würde. Bis heute war das nicht der Fall, doch jetzt habe ich was, womit ich Ihnen eventuell weiterhelfen kann.«

»Um was geht es denn genau?«, wollte er wissen und gab sich Mühe, dabei ausserordentlich gespannt auszusehen.

Ich kramte in meiner Hosentasche nach dem Notizzettel, liess meine Augen aufmerksam auf seinem Gesicht ruhen, streckte ihm dann hin, was ich gefunden hatte. Einen Moment lang glaubte ich, Schrecken in seinem Gesicht gelesen zu haben, gerade so, als wenn man ihn bei etwas erwischt hätte, bei dem er sich nicht erwischt wissen wollte. Er räusperte sich, versuchte den Kloss im Hals los zu werden und blickte dazu immerfort auf den Zettel. Dann griff er sich den Wandkalender, blätterte zurück und suchte auf dem Kalender das Datum, welches auch auf der Notiz stand.

»Dienstag! Das war ein Dienstag. Die Lokalität ist, wenn ich das richtig entziffern kann, das Restaurant Sonne. Was das genau ist oder was das genau mit deinem Vater zu tun haben könnte, weiss ich leider nicht. Mehr kann ich dazu aber auch nicht sagen«, entschuldigte er sich und zog die Schultern hoch.

Kein Wort glaubte ich ihm. Seine Reaktion hatte mir ein gegenteiliges Signal gegeben. Blitzschnell speicherte ich mir das Datum ab und beschloss, mich beim Wirt in der Sonne umzuhören, was an jenem Abend in seinem Lokal los war. Nun wollte ich noch die zweite Information erhalten.

»Sagen Sie mal Herr Vollenweider, Sie singen doch?«
»Genau, das mache ich mit Leidenschaft.«
»Interessant. Singen Sie auch in einem Chor mit? Ich hätte da durchaus grosses Interesse mich in einem Chor zu engagieren und habe einfach noch nichts Passendes gefunden. Der Kirchenchor wäre zwar schon etwas, doch ich denke dabei mehr an Musik mit grösserem emotionalen Inhalt als Kirchenlieder. Gleichzeitig möchte ich mich eher an einzelnen Abenden engagieren und nicht so wie beim Kirchenchor über einen langen Zeitraum mit vielen, vielen Proben. Daher wollte ich mich einmal mit Ihnen unterhalten, ob sie so etwas kennen oder sogar etwas in diese Richtung empfehlen können, weil Sie es vielleicht selber kennen.«

»Hmm, das ist zugegebenermassen nicht ganz einfach, Martin. Ich kann mich aber gerne einmal bei meinen Kollegen umhören, ob sie so etwas kennen. Ich melde mich dann bei mir.«

Wohlwollend grinsend streckte er mir seine Pranke hin, ich gab ihm meine Hand und verabschiedete mich. Mein Eindruck, dass er ein eher ungeeigneter Ermittler war, verstärkte sich immer mehr, denn er war lesbar. Er konnte keine einzige seiner Gefühlsregungen verstecken. Auch bei der Frage nach dem Chor wusste er viel mehr, als er mir sagen wollte. Hier hatte ich auch eine zweite Möglichkeit, die gewünschte Information zu bekommen. Lucinda wusste sicher Bescheid oder falls nicht, konnte sie mir die Information sicherlich besorgen.

Die Sonne lag auf dem Weg nach Hause und so machte ich einen kurzen Abstecher, bestellte ein Bier und setzte mich gleich neben dem Tresen an einen der freien Tische. Es dauerte auch gar nicht lange, bis Kurt Bornhauser, der Wirt, aus der Küche in die Gaststube trat, dabei direkt auf meinen Tisch blickte und mich freudig begrüsste. Er griff sich ein Glas Wasser und setzte sich zu mir und wir redeten. Auch er sprach mir sein Beileid aus und erzählte mir, wie schmerzlich und unnötig so ein Selbstmord doch letztlich für alle sei. Ich hätte kotzen können und widersprach ihm direkt.

»Mein Vater hat sich mit Sicherheit nicht das Leben genommen. Mein Vater wurde umgebracht. Nur weigert sich die ermittelnde Behörde anscheinend, diesen Fall genau anzusehen, weil sie sich alle Beweise so zurecht legt, dass man aus den Fakten mit wenig Fantasie auch einen belegten Suizid hinbekommt. Dann streut man diese Information auch noch im Dorf über irgendwelche vertrauensvolle Menschen und schon ist die Volksmeinung gemacht. So einfach ist das.«

Ich kochte innerlich und Kurt bemerkte, dass ich zu keinen Gesprächen diesbezüglich aufgelegt war. Nachdem wir uns beide wieder beruhigt hatten, fragte ich ihn, was an besagtem Dienstag bei ihm los war. Er zuckte mit den Schultern, erhob sich dann vom Tisch und holte sein grosses Reservationsbuch, blätterte darin herum und steckte dann seinen Zeigefinger auf einen Eintrag, der sich mit meinen Angaben deckte.

»Der Herrenspielabend! Wie konnte ich das nur vergessen.«
»Was ist das für ein Anlass?«
»Dieser wurde durch den Pfarrer Gründler ins Leben gerufen. Der Anlass findet noch heute hin und wieder statt. Zu Beginn wurden Brettspiele gespielt, hier in der Gaststube, dann mit einem Male wurde der Anlass in eines der Besprechungszimmer verlegt, es kamen immer mehr Leute, verschiedene, auch dein Vater war regelmässig hier. Nachdem alles in das Besprechungszimmer verlegt worden war, hatte ich keinen Einblick mehr. Getränke wurden vor dem Beginn des Anlasses hineingestellt, danach war die Türe zu und zum Schluss folgte dann die Abrechnung. Ich habe auch nie nachgefragt, aus einem einfachen Grund. Meine Vermutung ist, dass hier um Geld gespielt wurde, was klar gegen das Gesetz verstösst. Hätte ich davon Kenntnis, dann müsste ich das melden und könnte unter Umständen gar noch bestraft

werden. Da ging ich davon aus, dass es für mich besser sei, wenn ich offiziell nicht wüsste.«

»Aber du weisst es ja doch!«

»Vermuten und wissen ist nicht dasselbe. Bei dieser Terminologie möchte ich auch entschieden bleiben.«

»Wer kam denn da regelmässig an diese Veranstaltungen? Gab es Stammgäste?«

»Martin, du zwingst mich, gegen einen meiner Grundsätze zu verstossen. Ein Wirt lebt von seiner eigenen Abstinenz und der Diskretion. Du zwingst mich gerade die Diskretion zu verletzen.«

»Tue ich nicht, ich würde nur gerne wissen, wer an diesen Dienstagen regelmässig durch die Türe reinkam und nach hinten durch diese Türe verschwand. Ich will nicht wissen, mit wem sie gegangen sind, was und wie viel sie getrunken haben.«

»Na gut, ich kann es dir sagen. Dein Vater war immer dabei, Gründler, Hablützel, Vollenweider und einige andere, die ich nur vom Sehen her kenne. Schau aber einfach zu, dass diese Information nicht die grosse Runde macht. Ich habe sie dir nie gegeben, ja?«

»Von was sprichst du denn, Kurt?«, erhob mich lachend und legte ein Fünffrankenstück auf den Tisch, bevor ich die Gaststätte verliess.

Damit war etwas klarer geworden. Zwischen meinem Vater, Hablützel, Vollenweider und Gründler gab es eindeutig mehr Verbindungen, als ich wusste und erstaunlicherweise verschwiegen alle anderen, dass es solche Verbindungen gab. Vollenweider hätte aus meiner Sicht zu keinem Zeitpunkt die Ermittlungen übernehmen dürfen, da er ganz offensichtlich ein freundschaftliches Verhältnis zu meinem Vater gepflegt hatte. Dieses verschwieg er in der Öffentlichkeit und noch schlimmer, er führte die Ermittlungen nicht in der Gründlichkeit, wie man es erwarten würde. Allerdings verhielt es sich auch so, dass dies nicht sichtbar war, wenn man die Umstände nicht kannte. Im ersten Augenblick sah man, dass Vollenweider seine Pflicht tat, er hatte ja mindestens einen Tatverdächtigen vorübergehend festgenommen. Das stank alles zum Himmel. Was genau verbarg sich dahinter? Warum wurde ich belogen? Schnell wurde klar, dass ich nun ein gutes Auge für Vollenweider und seine undurchsichtigen Machenschaften haben musste. Mit meinen Fragen hatte ich ihn mit Sicherheit gewarnt und er würde ganz bestimmt auch auf diese Warnungen reagieren. Heisst, er würde mir mit einer grossen Wahrscheinlichkeit einen weiteren Schlüssel in die Hand geben, der mir eine weitere Tür zur Klärung all meiner Fragen öffnen konnte.

Obwohl mir klar war, dass ich keine Zeit zu verlieren hatte, wollte ich mit meinen Observationen erst am nächsten Tag beginnen. Wenn er einen gewissen Vorsprung hatte, würde er sich sicher fühlen, weil er doch eher eine umgehende Beobachtung erwarten würde. Eines musste ich dennoch erledigen und so rief ich Bornhauser an und bat ihn, mich umgehend zu informieren, sollte Vollenweider heute Abend bei ihm auftauchen.

Abends setzte ich mich mit einem Block vor den Fernseher und zeichnete auf einem karierten Block auf, was ich bereits wusste. In einem Diagramm, so glaubte ich, liessen sich die Komponenten eher erkennen und vermutlich auch die fehlenden Bausteine. Die Frage, die mich am brennendsten interessierte, war die nach einer möglichen freundschaftlichen Verbindung zwischen meinem Vater und Vollenweider. Was war es, das die beiden verband? Sie trafen sich zu keiner Zeit privat, ausser, wie ich heute erfahren hatte, im Rahmen der Spielabende in der Sonne. Innig konnte die Verbindung in diesem Falle nicht sein. Meine Gedanken kreisten weiter um alles, was ich heute gelernt hatte. „mHs" liess mir genauso keine Ruhe wie Gründler, der einen Spielabend ins Leben rief und Hablützel, der über eine mir unheimlich scheinende Macht verfügte. Er wusste eigentlich alles über alle und war damit eindeutig auch jemand, der eine gewisse Sonderbehandlung erfahren sollte. Wenn er sein amtsgeheimnisgeschützes Wissen mit jenem von Gründler zusammenlegen würde, dann würden die beiden über eine eigentliche Allmacht verfügen, was durchaus gefährlich werden könnte. Es gab da vielerlei Szenarien, die ich mir vorstellen könnte. Hätte man so eventuell gar die Möglichkeit, eine Erpressung durchzuführen, die niemand als solche wahrnehmen würde? Ein durchaus interessanter Gedanke.

Das oberste Blatt auf dem Block war komplett bekritzelt, ohne dass man wirklich etwas hätte lesen können und für mich zweitrangig. Auch die Sendung im Fernsehen, die man nur aus Langeweile schaut, interessierte mich nicht mehr weiter, meine Gedanken trieben mich in Vaters Büro. Die Ordner mit den Buchhaltungsbelegen wollte ich mir doch noch ein wenig genauer anschauen. Ohne zu wissen, wonach ich eigentlich suchte, holte ich mir einen Ordner nach dem anderen aus dem Regal. Aufmerksam wanderte mein Blick über jede einzelne Seite. Beim Durchblättern der Seiten klebte ich auf jede, auf welcher ich den Vermerk „mHs" fand, ein Post-It. Die Masse machte mich nachdenklich, denn in jedem der Ordner fanden sich auf jeden Beleg mit dem mir unbekannten Vermerk zwei, die keinen solchen trugen. Bei rund einem Drittel aller Belege fand ich „mHs". Ich begann mir auf einem Zettel separat die Daten zu notieren, an welchen die „mHs"- Belege erstellt wurden und fand, dass es sich um einige wenige Daten pro Jahr handelte. Das Telefon klingelte, ich sprang auf und griff nach dem Apparat. Bornhauser meldete sich und teilte mir ganz knapp mit, dass sich Vollenweider gerade mit Hablützel traf, in einer Ecke im Gasthaus. Sie seien sehr ins Gespräch vertieft und darauf bedacht, direkt mit dem Sprechen aufzuhören, wenn sich jemand ihrem Tisch näherte. Mehr sagte er nicht und legte dann grusslos auf.

»Wusste ich es doch!«, sagte ich triumphierend zu mir selbst.

Vollenweider war also nicht integer und mit ihm auch Hablützel nicht. Der Lack an der Vorzeigeelite der Gemeinde begann immer mehr zu bröckeln. Mit dem Wissen versuchte ich mich wieder auf die Geschäfte meines Vaters zu konzentrieren. Die Analyse der Daten ergab, dass es sich bei allen Daten ausnahmslos um solche handelte, an denen in der Region

Viehschauen stattgefunden hatten. Nach rund zwei Stunden standen nur noch zwei Ordner im Regal. Im zweitletzten entdeckte ich deckungsgleiche Belege zu all jenen, die mit „mHs" markiert waren. Der einzige Unterschied war, dass die Beträge auf den hier abgelegten Dokumenten um rund einen Drittel höher waren. Plötzlich war mir mit einem Mal klar, dass „mHs" für nichts anderes Stand als „mit Handschlag". Hiess also, Vater verkaufte die Tiere auf einer Viehschau und liess sich teilweise herunterhandeln. Im letzten Ordner schliesslich fand ich die Steuererklärungen der letzten drei Jahre und nach einigem Nachrechnen war es klar, dass Vater für die Steuererklärung jeweils die Belege mit den tieferen Beträgen berücksichtigt und damit Steuerhinterziehung begangen hatte. Dies eröffnete mir schon wieder ein neues Bild. Steuerhinterziehung würde jeden direkt und unmittelbar in einen sehr engen Fokus von Hablützel bringen. Er als lokaler Steuervogt hatte hier die Verpflichtung dafür zu sorgen, dass alle schön ihre Steuern bezahlten, pünktlich und im richtigen Ausmass. Im Zweifel eher für den Staat. Genau das hatte Vater nicht getan. Damit rückte ich Hablützel auch in den engeren Kreis meiner Nachforschungen und beschloss, gleich morgens zu Arbeitsbeginn einige Abgleiche in der Bank durchzuführen. Die Unterlagen wollten wieder weggeräumt werden, Mutter sollte von all dem nichts erfahren, würde es ihr Bild über die von ihr so geliebte Gemeinde eventuell doch ein wenig verändern. Nachdem ich alles fein säuberlich weggeräumt hatte, legte ich mich zufrieden in mein Bett und versuchte zu schlafen. Schlafen, wenn im Kopf gerade die Verschwörung des Jahrhunderts gespielt wurde war schlicht ein Ding der Unmöglichkeit. Gefühlte dreissig Minuten nach dem Zubettgehen, riss mich der blecherne Klang meines alten Reiseweckers aus den Gedanken und liess mich gnadenlos in der Realität landen.

Augenringe vom Format eines durchschnittlichen Calamaresringes zierten meine Augen und die konstante Sauerstoffknappheit liess mich pausenlos gähnen. Die

Aufregung liess mich aber nicht zur Ruhe kommen und die Gedanken quälten sich durch die dank vorgerückter Stunde viel zu engen Gehirnwindungen. Wenn das so war wie ich mir das zurechtgelegt hatte, dann hatte mein Vater vermutlich über Jahre Steuern hinterzogen. Die Aufzeichnungen, die ich in seinen Unterlagen fand zeigten, dass die Bankkonten keinen überragenden Saldo aufwiesen und die Geschäfte lediglich in einem mässigen Umfang widerspiegelten. Das roch nicht wirklich nach der Wahrheit, denn wenn die Geschäfte nur zufriedenstellend liefen, wer würde dann wohl auf die Idee kommen, Gelder vor dem Fiskus zu verstecken? Im Gegenteil, es gab ja auch die Möglichkeit staatliche Unterstützung einzufordern, wenn es mal nicht so lief. Alldas auf einen Nenner gebracht hiess also, das Vaters Geschäfte folgerichtig sehr gut gelaufen waren und die Bankkonten nur einen Teil der Einnahmen auf sich vereinten. Steuerhinterziehung ist gleichzusetzen mit Schwarzgeld. Dieses würde ein jeder entweder im Ausland verstecken, unter der Hand versuchen zu investieren, in irgendeine Strandbar eines Bekannten und zwar so, dass es nichts Beweisbares zu finden gab. Da er aber nie im Ausland war und auch keine Fremdsprachen gesprochen hatte, vermutete ich das Schwarzgeld ganz klassisch irgendwo im Hause unter der Matratze. Die grosse Frage war nur, wo sich diese Matratze befand und wie sie wohl aussehen würde.

Immer mehr Gedankengewitter entluden sich in meinem Denkzentrum und liessen mich erschaudern. Hablützel bewegte sich, seit ich ihn kannte, wie ein eitler Gockel im Dorf, scheute sich auch nie zu zeigen, dass er über Geld verfügte. Vermutlich war das eine Art einer chronischen Berufserkrankung, wenn man tagein tagaus vermögende Leute jagte, die ihre Steuern nicht bezahlten, um das so eingesparte Geld dem eigenen Vergnügen zuzuführen, dann war man mit grosser Sicherheit anfälliger darauf, sich selber genauso zu verhalten. Vielleicht hatte er auch immer seine Steuern bezahlt, mit grosser Sicherheit auch termingerecht, aber Geld ausgeben, sichtbar ausgeben, war wie eine Sucht für sein Ego. Wer Geld in grossem Masse ausgeben kann, ist in einer meist zweifelhafter Art auch mächtig. Ja, das war abschätzig, denn ich glaubte die Erfahrung gemacht zu haben, dass die wirklich monetär Mächtigen es nicht nötig hatten, in der Öffentlichkeit mit Geld um sich zu werfen. Es wurde immer spannender und die Abgründe taten sich immer mehr auf. Das magische Dreieck, bestehend aus Vollenweider, Gründler und Hablützel, letzterer war die unbekannte Komponente, welche die Lösung zu allem darstellte, war mir nun bekannt. Sicher war ich mir mittlerweile nur in einem: Alle waren sie irgendwie neben der Norm des Anstandes und mit grösster Wahrscheinlichkeit neben der des Gesetzes. Das stimmte absolut für Hablützel und Gründler, Vollenweider bewegte sich noch im Dunstkreis der beiden. Irgendwann würde ich es mit Sicherheit schaffen, diesen tief hängenden Nebel zu lichten, um mit klarer Sicht auf die Fakten die letzte Gewissheit zu haben.

Währenddem im Kopf die Gedanken kreuz und quer durch die Synapsen schossen, drehten meine Hände alles um was sich fand, suchend nach den Bündeln, die da an den Steuern vorbei geschleust worden waren. Natürlich fand ich nichts dessen, was meinem gesteigerten Interesse galt, doch auf einem der unzähligen kleineren und grösseren Stapel fand ich schliesslich ein kleines Heft mit karierten Blättern, wo sich eine Art Buchhaltung fand. Die Zahlen, die ich darin fand, liessen meinen Atem stocken und ich traute mit einem Male meinen Augen nicht. Die Summe, die sich da auf der untersten Zeile fand, war eine hohe sechsstellige Zahl. Mit diesem Betrag hätten wir als Familie ausgesorgt gehabt. Das Haus wäre sicherlich bezahlt und repariert und das Alterskapital für meine Eltern wäre definitiv für die nächsten zwanzig Jahre gesichert gewesen.

Ein neuer Blitz durchschlug meine anderen Gedanken und lähmte alles andere. Neid. Neid war mit Sicherheit etwas, was Menschen zu Dingen befähigte, die unter normalen Voraussetzungen nicht zugelassen würden. Mittlerweile türmten sich alle Ordner aus den Gestellen im Arbeitszimmer in der Mitte des Raumes, fein säuberlich aufeinander gestapelt, jede Lage schön um einhundertachtzig Grad gedreht, um einen

Einsturz des sich zur Decke reckenden Turmes zu verhindern. Alle Postkörbe und Ablagefächer hatte ich auch schon geleert und nur in der hintersten Ecke, ganz an der Wand, fanden sich noch einige gefaltete Papiere, die ich direkt ergriff und in den Papierkorb segeln liess. Durch den Luftzug beim Herunterfallen entfaltete sich eines der Papiere und gab den Blick auf seine Innenseite frei. Was ich da sah war ein neues Kapitel. Was ich da fand, war nichts anderes als ein Erpresserbrief, so wie man es in jedem durchschnittlichen Dienstagskrimi im Fernsehen zu sehen bekam. Reflexartig blickte ich auf die Uhr und las die Zeit ab. Kurz nach Mitternacht. Ich wusste, dass Mutter noch wach sein würde, denn die Angewohnheit, immer bis in alle Nacht hinein zu lesen, begleitete sie schon seit Jahren. Ich faltete den Zettel wieder zusammen, klemmte ihn vorsichtig zwischen Daumen und Zeigefinger und stürzte aufgeregt ins Wohnzimmer.

Mutter sass in ihrem Lieblingssessel mit dem hässlich grünen, abgewetzten Bezug und den durchgesessenen Springfedern und las. Sie hob ihren Kopf leicht an und blickte mich mit leicht geneigtem Kopf über den Rand ihrer Lesebrille an.

»Ich muss mit dir reden Mama«, sagte ich und erwartete ihre Antwort, welche nicht kam.

»Es ist ernst. Und wichtig. Leg dieses verdammte Buch weg und hör mir zu.«

Ich hielt sie mit beiden Händen an ihren Unterarmen fest, blickte sie eindringlich, fast schon beschwörend an.

»Was ist denn bloss mit dir los, mein Junge? Seit Vaters Suizid bist du vollkommen durch den Wind. Ich verstehe es ja, die Situation ist für alle nicht einfach, aber du drehst dich komplett im Kreis.«

»Glaub mir, Vater hat keinen Suizid begangen, er wurde ermordet, da bin ich mir sicher. Und ich bin mir auch sicher, dass der Täter jemand ist, den wir alle niemals als Täter sehen würden.«

»Wenn du meinst. Vollenweider hat das nie so klar gesagt und ich glaube das, was man mir von offizieller Seite her sagt. So bin ich aufgewachsen und ein Leben lang bestens damit gefahren. Da brauche ich mich im Alter nicht mehr umzustellen.«

Ich hatte keine Lust, mir die Weisheiten ihres Lebens anzuhören, wollte aber gleichzeitig nicht unhöflich sein und liess sie deswegen weiterreden, was sie sehr erfolgreich auch noch gute vier Minuten lang tat. Den Ton blendete ich aus, genauso als wie man auf der Fernbedienung des Fernsehers während der Werbepause die Mute-Taste betätigt.

»Du musst mir nun wirklich alles sagen, was du weisst, Mutter. Das ist ganz wichtig. Hatte Vater in der letzten Zeit irgendwann einmal etwas verlauten lassen, dass er erpresst wird?«

»Nein, nie. Er hat nie so etwas gesagt. Warum sollte man ihn auch erpressen, er hatte ja nichts.«

»Du irrst, Mutter. Hier, das sind die Erpresserbriefe, ich habe sie in seinem Arbeitszimmer gefunden und diese sind real.«

Mutter griff nach den Papieren, zog sie zu sich und schaute sie lange und eingehend an. Sie schüttelte mehrere Male ungläubig den Kopf. Sie konnte nicht glauben, was ich ihr da hingelegt hatte, und all das nur einige Wochen nach Vaters Tod. Nun ging auch sie von einem gewaltsamen Tod aus. Es gab nun keinen Grund mehr für sie, daran zu zweifeln. Ich konnte sehen, wie sich ihre Lippen lautlos bewegten, als würde sie etwas sagen wollen. Es schien immer wieder eine Wiederholung zu sein, aber ich hatte keine Chance, irgendetwas zu verstehen.

»Mutter, sag mir doch, was du weisst. Ich glaube, du wolltest eben etwas sagen.«

»Je länger desto mehr glaube ich, dass dieser nett gekleidete Herr von der Steuer etwas damit zu tun hat. Er war der einzige, der sich in unserem Haus aufgehalten hatte.«

»Was hat das mit den Erpresserbriefen zu tun? Das verstehe ich nicht gerade. Erklär mir das bitte, Mutter.«

»Ich kann es nicht sagen. Ich weiss nur, dass der Herr einige Male hier war, sich mit Vater an den Tisch gesetzt hatte und bergeweise Papiere sehen wollte, Belege, Rechnungen und Verträge. Vater musste immer wieder aus dem Raum, um Dinge zu holen, in der Zeit war der Herr doch ganz alleine im Wohnzimmer. Niemand war bei ihm. Ich wollte nicht involvieren und hatte mich in das Nebenzimmer zurückgezogen, wo ich einige Handarbeiten erledigte. Vielleicht war das im Nachhinein gesehen ein Fehler gewesen. Nur werden wir das nie mehr erfahren.«

»Nur weil der Hablützel, so heisst der nett gekleidete Herr, einige Male für wenige Minuten alleine in einem Raum sass, heisst das noch lange nicht, dass er mit einer Erpressung zu tun hat. Ich verstehe deine Bedenken und Gedankengänge sehr gut. Mir helfen sie auf jeden Fall weiter, aber in eine andere Richtung.«

»Was willst du damit sagen, Martin?«

»Alles zu seiner Zeit, Mutter. Alles zu seiner Zeit. Jetzt legen wir uns erst einmal schlafen. Morgen ist ein neuer Tag und die Nacht wird uns vielleicht sogar Weisheit bringen. Gute Nacht.«

Ich verliess den Raum und machte mich auf in mein Zimmer. Nach der allabendlichen Reinigungszeremonie war Schlafen angesagt.

12

Lucinda opferte ihren freien Samstagnachmittag, um mich zu treffen. Wie immer auf der Lichtung und wie immer war sie vor mir da. Sie sollte mich noch weiter in die Machenschaften des Singkreises einführen, ich wollte von ihr wissen, was wirklich gespielt wurde, auch an den Tagen, an denen ich nicht dagewesen war. Ihr Vertrauen zu mir hatte sie langsam aufgebaut, merkte mittlerweile aber ganz klar, dass ich keiner der Verbündeten von Gründler war und mich viel mehr für ihr Wohlergehen interessierte. Sie war bereit, mir alles zu sagen, was sie wusste, in der Hoffnung, dass meine Aussagen von früher wahr werden würden und Gründler seiner gerechten Strafe zugeführt werden würde. Sein Saubermann-Image sollte einen irreparablen Schaden nehmen und er sollte seine Strafe erhalten, auch durch die Ächtung der Dorfgemeinschaft. Sie erzählte mir Details von Abenden, die ich mir niemals in dieser Art vorgestellt hatte. Es ging bei den Treffen immer um dieselben zwei Dinge: Drogen und Sex.

Damit verbunden immer auch um Macht, denn wer Drogen an Abhängige verteilt, der macht sie nicht nur zufrieden, sondern bindet diese in ein Abhängigkeitsgefüge ein. Gründler sass an der Quelle, glaubte sich sicher und hatte nahezu unendliche finanzielle Mittel zur Verfügung, um für ständigen Nachschub zu sorgen.

Bei all den Treffen liefen immer auch Kameras mit, die teilweise offen herumstanden oder lagen, die aber auch im Versteckten liefen, weil sie in die Decken eingebaut waren.

Über seine Netzwerkzentrale speicherte Gründler dieses Material dann umgehend auf seinen Servern und damit für alle Involvierten unzugänglich auf. Damit waren alle, die keine Drogen konsumierten, ebenfalls gefügig gemacht worden, hatte das Bildmaterial doch eine starke Potenz, bei Ehemännern und Ehefrauen für Wirkung zu sorgen, falls das einmal notwendig werden sollte. Meist ging es um Gruppenaktivitäten oder eben wie bei Lucinda um noch viel mehr, mit krimineller Brisanz. Einmal im Monat fanden auch die geheimnisvollen Chorabende statt. Zu denen waren nur ganz spezielle, handverlesene Leute eingeladen. Hablützel und Vollenweider waren auch immer dabei. Die eingeladenen Chöre waren allesamt Frauenchöre und alle waren gefügig. Blitzschnell kombinierte ich Lucindas Aussage mit den Zahlungen auf das Konto im Kreis 5 in Zürich mit dem sonderbaren Vermerk Chor und Reisekosten. Warum dann zu diesen Orgien der Vollenweider geladen war, schien mir nicht ganz klar, ich tat dies damit ab, dass er der einzige war, der sonst noch auf keine Weise ins Macht-Netzwerk Gründler eingebunden gewesen war.

»Lucinda, nun ist mir bezüglich dem sauberen Herrn Pfarrer einiges klar. Er will kontrollieren, die Macht über Menschen haben. Ich gehe davon aus, dass seine Rolle als Dorfpfarrer eigentlich lediglich seiner Tarnung dient. Betrachten wir das doch einmal ganz realistisch, wer interessiert sich in der Region schon für einen Dorfpfarrer? Richtig, niemand. Ganz egal, ob er etwas Gutes tut oder die Gesetze missachtet. Solange nichts davon an die Öffentlichkeit gelangt, kann er über Jahre tun und lassen, was er will. Da alle Betroffenen selber mit ihm untergehen werden, werden sie den Teufel tun und mit allen ihnen zu Verfügung stehenden Mitteln verhindern, dass etwas an die Aussenwelt gelangt.«

»Meinst du, dass dazu auch ein Mord recht wäre?«

»Schwer zu beurteilen. Wenn es darum geht, die wirklich Kriminellen zu schützen, vielleicht schon. Nur, wer würde sich an einem solch kapitalen Verbrechen schon die Finger

118

verbrennen wollen? Hablützel sicherlich nicht, Gründler glaube ich auch nicht, Vollenweider ist zu weit weg vom inneren Zirkel und all den anderen, die in diesem Club dabei sind, traue ich das auch niemandem zu.«

»Und doch muss es einer getan haben, denn wir haben eine reale Leiche.«

»Ja, Lucinda, das haben wir. Das haben wir in der Tat.«

Ich versank in meinen Gedanken und überlegte mir immer und immer wieder, welche Konstellation meinen Vater das Leben gekostet hatte. Da ich nicht weiter kam, musste ich mir meine Beweiskette zu Hause am PC noch einmal zusammenschmieden. Ich träumte von einem Dokument, das mit eingebetteten Screenshots und Bildern alles bewies und mir bei Vollenweider genügend Gehör verschaffen würde.

Ich verabschiedete mich von Lucinda und machte mich auf den Weg nach Hause, wollte das Wochenende nutzen, um noch einmal alles zu sichten, zusammenzustellen und mich in der Kirche während des Gottesdienstes noch einmal umzusehen. Bis am Montag wollte ich genügend Beweismaterial zusammengestellt haben, um damit die Bombe platzen zu lassen.

Die Arbeit am heimischen Computer war langwierig und interessant zu gleich. Ich bemerkte nicht, wie die Zeit im Fluge an mir vorbeizog und ich schon wieder viel zu spät nachts noch rhythmisch in die Tasten drückte. Zuerst bearbeitete ich die Kundenliste für das Kokain. Die Buchhaltung las sich wie die eines Supermarktes und genauso hoch waren die Umsatzzahlen. Da jeder Bezug eines Klienten fein säuberlich notiert war, lieferte diese Datei alle Konsumenten gleichwegs ans Messer und den Dealer auch. Die Konsumgewohnheiten konnte man auch ablesen. Es war zum Beispiel deutlich zu sehen, dass Hablützel der mit Abstand grösste Abnehmer war. Andere wie Seraina Weber waren Gelegenheitskonsumenten, die sich den Stoff nur für die Singkreisabenden holten. Dazu kamen dann noch die Überweisungen nach Zürich, welche

ich aber nur als „Geldzahlung" angab, wollte ich doch nicht
direkt offenlegen, dass ich meine Anstellung als Banker zur
heimlichen Ermittlungstätigkeit missbraucht hatte. Das
hätte mich die Anstellung gekostet, noch bevor sie wirklich
begonnen hätte. Dann noch einige aussagekräftige Bilder aus
den auf dem Memory-Stick gespeicherten Ordnern „Seraina"
und „Lucinda" und schon war ich mit dem Dokument
fertig, welches als Grundlage zur Verhaftung von Gründler
mehr als ausreichen sollte. Aus einem Sicherheitsgedanken
heraus speicherte ich die so entstandene Datei unter zwei
verschiedenen Namen ab, einmal auf meiner eigenen Festplatte
und ein zweites Mal auf dem aus Gründlers Unterweltbüro
entwendeten Memory-Stick. Danach druckte ich mir die Datei
einmal aus, faltete sie zusammen und steckte sie ein. Ich wollte
das Gespräch mit Vollenweider suchen, er sollte mir helfen,
die Sache endgültig aufzuklären. Es war so gut wie sicher,
dass er keine Ahnung von den restlichen Vorfällen rund um
Gründlers kleines Machtimperium hatte. Vorher aber machte
ich mich auf den Weg zum Pfarrhaus, denn ich wollte Lucinda
dazu bringen, mir zu versprechen, dass sie alles unterstützen
würde, was der Aufklärung diente. Dabei erzählte ich ihr auch
von meinen Plänen, Vollenweider mit einzubeziehen. Sie
warnte mich davor.

»Vollenweider ist immer mal wieder bei den geselligen
Chorabenden dabei. Daher weiss er mindestens bei den einen
Vorkommnissen Bescheid. Das könnte ein Risiko sein, wenn
man ihn zu fest einweiht. Wenn es da eine tiefer gehende
Verbindung zwischen Gründler und Vollenweider gibt, dann
wird er ihn warnen oder versuchen, ihn aus der Schusslinie
zu bringen. Das würde dann ja den Erfolg der geplanten
Operation negativ beeinflussen.«

»Wenn ich versuche, ihm lediglich Anhaltspunkte zu
geben, so dass er vielleicht einen Verdachtsmoment, nicht
aber eine konkret verwertbare Aussage hat, dann würde er
lediglich das Gespräch mit Gründler suchen. Wenn wir das
dokumentieren können, dann haben wir bereits eine weitere

belastende Argumentationskette aufgebaut.«

»Du willst ihm also eine Falle stellen?«

»Von einer Falle würde ich an dieser Stelle nicht sprechen wollen, eher von einem Test. Ähnlich einem Wesenstest, der bei Hunden durchgeführt wird, um zu prüfen, ob das Tier irgendwie hinterhältig ist oder so. Das passt auch in diesem Fall hier ganz gut, denke ich. Wie wir das Ganze dokumentieren, weiss ich auch schon. Ich komme dann wieder auf dich zu, weil ich dann deine Mithilfe brauche. Absolut ungefährlich für dich, aber hocheffizient für mein Vorhaben.«

Lucinda willigte ein, bat mich aber um Vorsicht. Sie wollte verhindern, dass Gründler etwas mitbekommen würde. Er sollte nicht merken, dass sie sich mit mir verbündete.

13

Die Webseite der Kantonspolizei hatte ich schon einige Male geöffnet. Heute aber war es ein Spezielles öffnen. Mir war klar geworden, dass genau diese Tätigkeit, die ich als meine ureigene Aufgabe ansah, auch das war, was ich in Zukunft aus meinem Leben machen wollte. Über die Internetseite der Kantonspolizei lud ich mir die offiziellen Bewerbungsunterlagen für die Polizeiausbildung herunter und trug alle notwendigen Unterlagen zusammen. Wie gefordert steckte ich diese lose in einen Sichtumschlag, mit einer Büroklammer fixiert und steckte das Ganze in einen undurchsichtigen Briefumschlag. Als ich dann das Schutzpapier von der selbstklebenden Verschlussklappe abzog, um damit den Umschlag zu verschliessen, pochte mein Herz immer schneller, eine wohlige Wärme breitete sich in meinem Brustkorb aus. Ein Zeichen, dass ich genau das Richtige tat. Einen kleinen Moment der Unsicherheit gab es noch, als ich den Umschlag durch den Schlitz des Briefkastens schob. Mit einem dumpfen Fallgeräusch war klar, dass es nun kein Zurück mehr gab, meine Bewerbung als Polizeiaspirant war nun auf dem Weg zu demjenigen Polizeikorps, das mich bei Aufnahme dann auch ausbilden würde. Zehn Monate würde die Ausbildung in der Interkantonalen Polizeischule dauern, anschliessend an die Berufsprüfung würde ich vereidigter Polizeibeamter sein. Als ein solcher hatte ich dann alle Mittel in der Hand, um Menschen auf Abwegen ihrer Strafe zuzuführen. Mindestens im Grundsatz, es brauchte ja immer noch

123

einen Richter, der dann im Sinne der Strafe urteilen würde. Innerlich hoffte ich, dass ich umgehend einen positiven Bescheid erhalten würde, um noch im September die Ausbildung beginnen zu können. Innerlich hatte ich das Gefühl, dass es schwierig werden könnte, das Machtgefüge Gründlers ins Wanken zu bringen, als junger Teenager ohne Rückhalt von irgendwelchen Behörden.

Auf den Bescheid konnte ich aber nicht warten, ich musste handeln. In Vaters Arbeitszimmer kramte ich Vollenweiders Karte hervor und wählte seine Direktnummer. Das Freizeichen drang mir ins Ohr und ich wartete darauf, dass Vollenweider endlich rangehen würde. Ohne Erfolg, mein Anruf wurde auf seine Sprachmailbox umgeleitet. Anrufbeantworter konnte ich nicht leiden und legte darum auch direkt wieder auf. Wenige Minuten später versuchte ich es noch einmal.

»Vollenweider« sprach er in den Hörer, irgendwie abwesend und nebenher noch mit etwas anderem beschäftigt.

»Bitterli Martin hier. Tut mir leid, dass ich Sie am Wochenende störe. Da es aber erst Samstag ist, dachte ich mir, ich könne es schon wagen.«

»Bitterli... schön, dass du mich anrufst, Martin. Wegen dem Wochenende mach dir mal keine Gedanken. Wie kann ich dir heute helfen?«

Seine Stimme war versetzt mit einem arroganten Unterton, gerade so, als würde er mich nicht ernst nehmen, mich, den kleinen Jungen mit den vorlauten Sprüchen.

»Helfen wäre vielleicht falsch ausgedrückt. Ich muss sie vielmehr an einem neutralen Ort treffen. Es gibt da einige Dinge die ich gerne mit ihnen besprochen hätte. Dinge von grösster Brisanz, die mich beunruhigen.«

»Was macht dich so sicher, dass ich dir helfen kann? In brisanten Themen bin ich nicht bewandert und zudem ja komplett mit dem Mordfall an deinem Vater absorbiert. Aber ich kann mir sicher einige Minuten stehlen, um dich zu beruhigen.«

»Das wäre sehr schön, ich wäre Ihnen unendlich dankbar. Wann können Sie es sich einrichten? Vorschlagen würde ich, dass wir uns für den Dienstagnachmittag oder den frühen Abend verabreden. Das wäre am besten.«

Mit Spannung erwartete ich seine Antwort. Meine beiden Daumen drückte ich so fest, dass ich beinahe Angst hatte, ich würde mir beide selber abdrücken. Würde Vollenweider den Dienstag nicht annehmen, dann würde mein ganzer Plan auf die Probe gestellt und eventuell auch gar nicht funktionieren. Meine Angst erwies sich als absolut unbegründet.

»Dienstagnachmittag würde passen, kurz nach vier. Du hattest dir ein Treffen auf neutralem Boden gewünscht. Wie stehst du dazu, wenn wir uns in der Sonne treffen? Ist das neutral genug?«

»Das passt für mich bestens. Ich werde um vier da sein. Sie kommen einfach, so bald Sie können.«

»Dann haben wir also einen Deal. Ich wünsche dir ein schönes Wochenende.«

Es ward still, dann legte er auf. Mein Kehlkopf versagte und vor lauter Freude brachte ich keinen Ton heraus. Nun musste nur noch alles klappen, wie ich es mir vorstellte.

Das Wochenende schleppte sich an mir vorbei, schien einfach nicht zu Ende gehen zu wollen und dann war der Dienstag plötzlich da und mit einem Male fühlte ich mich so unvorbereitet, wie man nur sein konnte. Dabei war alles ganz einfach. Es gab keinen grossen Masterplan. Die Aufgabe hiess, Vollenweider mit einem Teil des mir bekannten zu konfrontieren. Danach wollte ich genau das selbe mit ihm tun, wie auch er es mit Aegerter gemacht hatte. Ich wollte sehen, wie das Umfeld reagieren würde.

Die Sonne bot einige Tische in verwinkelten Nischen, genau so eine hatte ich mir ausgesucht. Mit dem Rücken zur Wand sass ich da, damit mein gesamtes Gesichtsfeld die Gaststube überschauen konnte. Jedes Mal, wenn die Türe sich öffnete, blickte ich auf, Vollenweider erwartend. Enttäuschung machte sich darauf breit, wenn ich in ein anderes Gesicht blickte. Die Uhr verriet mir, dass es erst zehn Minuten nach vier Uhr war. Immer wieder rief ich mir in Erinnerung, dass wir keine genaue Zeit vereinbart hatten. Er würde kommen, das wusste ich.

Kaum hatte ich mir dies noch einmal eingeredet, öffnete sich die Tür noch einmal und ein unrasiertes, rundes Gesicht blickte fragend in die Gaststube. Auftritt Vollenweider! Theatralisch blickte er sich um, machte einige Schritte in den Raum, dann wieder zurück, bis er mich dann entdeckt hatte. Im Eilschritt rauschte er durch die kleine Gaststube und liess sich dann neben mich auf die Sitzbank fallen.

»Hier bin ich«, untermalte er seinen Auftritt.

»Auftritt Gessler!«, veräppelte ich ihn.

»Ich will mal grosszügig über diese Äusserung hinweghören. Bin ja wirklich gespannt, was du Wichtiges für mich hast. Hat dies in irgendeiner Weise mit dem Mord an deinem Vater zu tun?«

»Weiss ich nicht. Vielleicht, wahrscheinlich aber nicht. Es ist ein wenig brisanter als ein simpler Mord.«

»Du verwirrst mich immer mehr. Ist das nicht brüskierend, wenn man einen Mord als etwas Simples abstempelt? Ist es sicherlich nicht für die Hinterbliebenen.«

»Da erzählen Sie mir nichts Neues, Vollenweider, ehrlich das kann ich ganz gut nachvollziehen. Für den Täter ist ein Mord doch simpel. Zielen, den Abzug an den Druckpunkt bringen, noch einmal zielen und dann: Atem anhalten und langsam den Finger weiter nach hinten ziehen. Das wars. Ist doch simpel. Versuchen Sie diesen Ablauf einem Sechsjährigen beizubringen, nach dem zweiten Mal kann er das fehlerfrei. Wäre doch vermessen zu behaupten, dass dies ein komplexer Vorgang wäre. Nicht?«

»Darum wird es heute aber sicherlich nicht gehen, oder?«

»Der Grund für das Treffen ist ein anderer. Es hat mehr mit

Machtverteilung und Glaube zu tun.«

»Für den Glauben bin ich der falsche Ansprechpartner. Mich interessieren nur Fakten und Beweise, Lügen und Wahrheiten. Nicht der Glaube. Glauben kann jeder, was er will.«

»Sehr gut, dann sind Sie ja doch mein bester Ansprechpartner. Es geht um Pfarrer Gründler. Ich habe Anhaltspunkte, dass irgendetwas nicht stimmt mit ihm. Da gibt es beispielsweise einen ominösen Chor, der immer wieder Damenchöre einlädt, meist monatlich. Einen Chor, der nirgends aufgeführt ist, den niemand kennt und in dem doch einige wenige, ausgesuchte Einwohner unseres Dorfes Mitglieder sind. So wie Sie, Vollenweider. Um das Singen geht es dabei meistens nicht, und singen tut auch niemand freiwillig. Das lässt in meinen Augen durchaus auch Vermutungen zu, dass noch weitere Dinge nicht ganz kirchlich abgelaufen sind. Es gibt auch Hinweise auf einen illegalen Herrenspielabend. Das müsste sie doch interessieren als Vertreter des Gesetzes. Wir reden hier von Förderung der Prostitution, Verstoss gegen das Glücksspielgesetz und vielleicht noch von mehr. Da Sie mitten drin in diesem Chor sind, wollte ich mich direkt bei Ihnen einmal erkundigen was genau da so passiert.«

»Eine unerhörte Frechheit ist das. Wie kommst du zu solchen Äusserungen? Du verunglimpfst hier einen angesehenen Mann, der sich immer nur um alle anderen gekümmert hat, dich und deine Mutter inklusive. Da kommst du nun und beschuldigst den Dorfpfarrer als Förderer der Prostitution? Gleichzeitig und nicht minder frech beschuldigst du mich, dass ich mit Huren verkehren würde und das erst noch regelmässig? Ja, ich singe in einem Kirchenchor mit, das ist auch kein Geheimnis, aber alles andere ist eine Frechheit. Das verbitte ich mir, guten Tag, Bitterli!«, schrie er mich an, sein Kopf verfärbte sich tiefrot und sein schlechter Atem liess sich bestens sogar noch auf gut zwei Meter Distanz riechen.

Mein Plan schien zu funktionieren. Sein echauffiertes Ego würde mir helfen. Menschen, die in ihrer Würde verletzt sind, vergessen oft rational zu denken. Stampfend und fluchend zog er von dannen, sichtlich sauer über mein Vorgehen.

Bornhauser hatte die Szene vom Tresen her beobachtet, schüttelte ob Vollenweiders Verhalten den Kopf, unwissend was zwischen uns vorgefallen war und kam dann zu mir hin, um sich zu erkundigen, was vorgefallen war. Da ich mich nicht aus dem Fenster lehnen wollte, musste ich mich einer Bornhauser hatte die Szene vom Tresen her beobachtet, schüttelte ob Vollenweiders Verhalten den Kopf, unwissend was zwischen uns vorgefallen war und kam dann zu mir hin, um sich zu erkundigen, was vorgefallen war. Da ich mich nicht aus dem Fenster lehnen wollte, musste ich mich einer Notlüge bedienen und erzählte ihm eine kleine Geschichte. Bornhauser fand nach der Geschichte noch immer, Vollenweider habe sich daneben benommen, schenkte mir die Rechnung und ging zum Tresen zurück.

Die Zeit war schon fortgeschritten und ich musste mich beeilen um rechtzeitig zum Singkreis zu kommen. Zu Fuss machte ich mich auf, hinüber zum Pfarrhaus. Beschwingt und leise vor mich her summend, setzte ich einen Fuss vor den anderen, den lauen Juliabend geniessend. Heute würde mit Sicherheit verkündet, ob ich als dauerndes Vollmitglied in den Singkreis aufgenommen werden würde. Sollte mein Plan geklappt haben, dann war das nicht mehr von grosser Bedeutung für mich. Nur konnte ich das noch nicht wissen. Schliesslich war ich doch noch viel zu früh vor dem Pfarrhaus und beschloss deshalb, hinüber zum Friedhof zu gehen, um dort meinen Vater zu besuchen. Ganz alleine war ich auf dem aus allen Nähten platzenden Friedhof, der sich auf der Südseite an die Kirche anschmiegte und dessen Abschlussmauern von hohen Eichen gesäumt waren. Das frische Grab lag vor mir, ich kniete mich nieder und da ich alleine war, begann ich laut mit meinem Vater zu sprechen. Innerlich spürte ich eine Wärme, welche ich als Zeichen seiner Anwesenheit interpretierte und einen Moment lang war ich überzeugt, dass er auch meine Fragen beantwortete. Immer und immer wieder dachte ich

ganz fest an das Erpressungsthema, welches mir einfach keine
Ruhe liess. Davon erhoffte ich mir Hinweise oder bestenfalls
auch Antworten.   In diesem Moment war ich meinem
Vater so nahe wie nie zuvor. Ein überwältigendes Gefühl,
unergründlich. Doch das spielte keine Rolle. Wichtig war mir
nur, dass wir beide im Reinen waren mit der Vergangenheit.
Das schien für uns beide so zu passen. Mein Versprechen, alles
aufzuklären und dabei auch sicherzustellen, dass seine Ehre
in der Dorfgemeinschaft wieder hergestellt würde, erneuerte
ich noch einmal. Irgendwo sang ein Vogel ein Lied, welches
durch Mark und Bein ging. Meine Umgebung nahm ich
viel bewusster nah, spürte den sanften Luftzug an meinen
Schultern, das weiche Moos unter meinen Knien und ich war
glücklich. Richtig himmelhoch jauchzend. Das erste Mal seit
Vaters Tode. Triumphierend, innerlich, das Ziel zum Greifen
nahe und nicht mehr beeinflussbar. Es wurde Zeit zu gehen,
ich verliess den Friedhof durch das schmiedeeiserne Tor und
trat hinaus auf die kleine Strasse neben der Kirche. Einige
wenige Schritte noch und ich stand wieder vor dem Pfarrhaus.
Die Tür öffnete sich bereits, als ich noch einige wenige Schritte
zur Tür zu machen hatte.

»Videoüberwachung macht's möglich«, sagte ich beinahe
unhörbar zu mir selber.
    »Auch guten Abend, Martin«, erwiderte Gründler, der
erstens nicht verstanden hatte, was ich eben gesagt hatte und
der mich sichtlich schärfer beäugte, als während unserer letzten
Treffen.

Es schien mir beinahe unheimlich, Blicke, die schärfer nicht
hätten sein können: Messerscharf und absolut tödlich.
Diese Blicke und seine zischende Begrüssung machten
ihn zu einem Straftäter, in seiner Gedankenwelt hatte er
eben gemordet. Den jungen Bitterli einfach kalt gemacht.
Grosszügig blickte ich darüber hinweg, wissend, dass er mit
Sicherheit etwas erfahren hatte, was für ihn ungünstig war,
etwas, das seiner Integrität schaden könnte. Vollenweider

musste ihn nach unserem Treffen in der Sonne besucht und über unser Gespräch unterrichtet haben. Wenn dem so war, dann hatte ich endlich den Beweis, dass die beiden mehr gemeinsam hatten als nur den Wohnort. Das würde ich dann sicher erfahren. Es wurde ja alles dokumentiert. Gründler liess mich eintreten, wir machten uns gemeinsam auf in den Gemeinschaftsraum, wo sich schon einige der anderen Teilnehmern aufhielten und schon in angeregten Gesprächen waren. Erstaunlicherweise waren heute nur Männer anwesend und entsprechend distanziert liefen die Gespräche ab, es gab keine Gruppen, die sich zum gemeinsamen Singen zurückzogen. Gründler trat in die Mitte des Raumes und eröffnete den Abend.

»Freunde, seid willkommen. Der heutige Abend wird ein wenig anders verlaufen wie die anderen. Heute steht der Entscheid über die Aufnahme von Martin in unserem Kreise im Mittelpunkt, danach wollen wir, sollte er aufgenommen werden, entsprechend feiern. Das ist das ganze Programm. Dann werden wir gemeinsam essen und trinken.«

Die Anwesenden blieben stumm, keiner traute sich etwas zu sagen. Dann tauchte ein Umschlag auf, der den Entscheid enthielt. Der Umschlag machte die Runde, ein jeder versicherte sich, dass er ungeöffnet war, dann landete er bei mir.

»Lieber Martin«, eröffnete Gründler die Zeremonie, »da es um deine Aufnahme in unsere Reihen geht, soll es auch an dir sein, uns den Entscheid der Gemeinschaft zu eröffnen. Wir bitten dich, den Umschlag zu öffnen und uns den Entscheid mitzuteilen.«

Theatralischer hätte man das nicht inszenieren können. Dieser Entscheid war so etwas von bedeutungslos, und doch hätte man meinen können, es handle sich um einen grosse, offizielle Handlung, die mindestens im Fernsehen übertragen wurde. Darüber amüsierte ich mich köstlich und ich musste mir Mühe geben, meinen Gesichtsausdruck zu kontrollieren. Niemand sollte sehen können, dass ich beinahe zerbarst ob dem Gelächter, das in mir brodelte. Auch ich vergewisserte mich, dass der Umschlag noch ungeöffnet war, schob dann meinen Zeigefinger unter die Verschlusslasche und riss den Umschlag auf. Darin befand sich ein gefaltetes, dickes Büttenpapier. Andächtig langsam zog ich es aus dem Umschlag, drehte es ohne es aufzufalten einige Male in meinen Fingern um, blickte dann in die Runde und sah all die Blicke, die auf mir ruhten. Es war Zeit für meine Ansprache.

»Liebe Singkreisfreunde. Heute ist ein wichtiger Tag, liegt doch eure Entscheidung über meine Aufnahme in meinen Händen. In den Singkreis habe ich grosse Hoffnungen gesetzt, er sollte meine Unsicherheit besiegen, die ich nach den schrecklichen Ereignissen der letzten Wochen erlebte. Dieser Wunsch ist mir in Erfüllung gegangen und ich möchte dieses Gefühl gerne noch vertiefen durch meine Vollmitgliedschaft bei euch. Die Entscheidung ist gefallen, ich kann sie nicht mehr beeinflussen. Wie auch immer ihr entschieden habt, ich bin mir sicher, ihr habt dies nicht leichtfertig getan. Auf jeden Fall möchte ich mich bedanken für all das, was ihr für mich getan habt.«

Es war eine eigentliche Abschiedsrede, denn ich rechnete nicht mit einer Aufnahme. Während meiner letzten Worte senkte ich den Blick auf das gefaltete Büttenpapier, drehte es so, dass dessen Öffnung am oberen Rand lag, dann klappte ich es auf. Darin, ich traute meinen Augen kaum, stand, dass der Singkreis sich für meine Aufnahme in den Singkreis entschieden hatte. Warum? Sofort kamen Fragen auf. Hatte eventuell Gründler die Macht über seinen Singkreis verloren oder handelte es sich bei diesem Entscheid um etwas Strategisches? Achtsam wollte ich sein und bleiben, nichts Privates sollte in den Kreis getragen werden.

Mein Gefühl sagte mir, dass ich mich bei allen zu bedanken hätte und ich tat, wie ich fühlte. Danach wurden Flaschen geöffnet, Lucinda brachte die bekannten Platten mit allerlei Essbarem darauf, Delikatessen und Bodenständiges. Als alle wie die Aasgeier über die Platten herfielen, gab ich Lucinda ein kleines Zeichen und begab mich auf den Flur, wo ich auf sie wartete.

»Nun ist es soweit, Lucinda. Ich brauche deine Hilfe. Bitte schau zu, dass Gründler in der nächsten Zeit beschäftigt ist, bis ich zurückkehre. Ich muss kurz weg und das sollte nicht auffallen. Vor allem muss sichergestellt sein, dass Gründler den Raum nicht verlässt oder dass du ihn beschäftigen kannst.«
»Du weisst ja bestens, was normalerweise an solchen Abenden passiert. Einen weiteren solchen Abend mehr oder weniger wird mich nicht umbringen.«

Meine Bewunderung gehörte Lucinda und ich machte mich auf den Weg, schlich mich vom Singkreis weg in der Hoffnung, unter keinen Umständen entdeckt zu werden. Gegen halb zehn Uhr nachts war es schon und ich musste mich beeilen, um erfolgreich zu sein. Die Tür öffnete sich lautlos und ich schlüpfte hindurch, hinaus auf die Strasse und verschwand in der Abenddämmerung.

14

Meine Anmeldung für die Polizeiausbildung war erfolgreich gewesen und ich wurde für den Info-Abend eingeladen. Nun nahm mein Leben genau die Wende, die ich mir in den letzten Wochen und Monaten gewünscht hatte. Ich hatte keine anderen Wünsche, es ging vorwärts und ich wusste, dass ich damit einen wichtigen Schritt gemacht hatte. In der zehnmonatigen Ausbildung lernte ich einiges dazu, neue Taktiken, alles über rechtliche Grundlagen und was man als Polizist grundsätzlich so wissen muss. Das fundierte Fachwissen kam dann in den Stunden dazu. Die vielen Theoriestunden wurden durch unzählige praktische Übungen unterstützt, dazwischen immer mal wieder ein Praktikum in dem Polizeikorps des Kantons Luzern. Ein gutes, wenn auch komisches Gefühl, in einer Uniform durch die Strassen zu gehen, mit Blaulicht durch die nächtlichen Dörfer zu rasen und bei familiären Streitigkeiten entfernt Bekannter als Schlichter in Not aufzutreten. Jeder Tag war neu, anders und fordernd. Niemals kam Langeweile auf. Wenn sich ein Gefühl in den Arbeitsalltag einschlich, dann war es eher ein ängstliches Gefühl. Die Angst vor dem Versagen oder die Angst vor dem, was auf einen zukommen könnte. Gewalt, Bilder, abscheuliche Bilder. Da war immer wieder das Bild der einzigen Wunde auf dem moosigen Waldboden. Dieses liess sich einfach nicht auslöschen, egal, was ich auch dafür unternahm.

Die Ausbildungszeit verging wie im Fluge und ich saugte

das Wissen auf wie ein Schwamm, mit dem Anspruch, Klassenbester zu sein und an den Abschlussprüfungen als Jahrgangsbester abzuschliessen. In der Ausbildungszeit zum Bankkaufmann war das Abschliessen der Ausbildung die Maxime, hier war mein Anspruch einzig die Exzellenz. Ich wollte nicht einer unter vielen sein am Schluss, ich wollte derjenige sein, zu dem alle aufblicken würden. Derjenige, der in allen Publikationen immer zuvorderst stand, von dem Bilder und redigierte Texte veröffentlich werden würden. Meine Mutter verstand den ganzen Ehrgeiz nicht, sie war von Beginn weg nicht mit meiner zweiten Ausbildung einverstanden. Sie empfand diese als zu gewagt, vielleicht auch als zu gefährlich. Was sie aber nicht vermissen wollte, war, dass ich, trotz des vollen Salärs, das ich schon während der Ausbildung bekam, mindestens zehn weitere Monate zu Hause wohnen würde. Zehn Monate, in denen sie nicht alleine auf dem für sie viel zu grossen Hof wohnte, zehn Monate in denen sie ihre Lebensaufgabe verlängern konnte. Ja, ich war ihr Lebensinhalt – schon immer gewesen und würde das auch weiter bleiben. Mir graute jetzt schon vor dem Moment, in dem ich ihr eröffnen würde, dass ich mich entschieden hatte wegzuziehen vom Dorf, weg in die Stadt. Sei es nun des Berufes oder der Liebe wegen oder wegen was auch immer. Das Dorf hatte für mich keine Zukunft, obwohl ich die Landschaft liebte, die sanften Hügel, die grünen Matten und alles, was es so mit sich brachte. Die Landschaft liebte ich, nicht aber die Enge, die von den Menschen ausging. Dieses Beobachtetwerden. Jeder wusste alles über jeden, und alle munkelten über alles. Die Mechanismen waren mir klar geworden nach Vaters Tod. Das Dorf verfügte über eine ganz eigene Dynamik und viele eigene Gesetze, die nirgends niedergeschrieben waren, aber an die sich alle, zumindest die alte Generation, peinlichst genau zu halten schienen. Ausbrechen aus diesen Zwängen war nicht einfach, schon gar nicht, wenn man so wie ich noch mitten in dieser alten Generation lebte. Mein schlechtes Gewissen verfolgte mich, denn ich wusste, dass von jenem Moment an, indem ich mich entscheiden würde wegzugehen, sich meine Mutter mit dem Gedanken des Alterswohnheimes auseinanderzusetzen haben würde. Sie würde allein gelassen, verlassen. Niemand brauchte sie noch, ausser dem Hof, den sie alleine nicht bestellen konnte. Knechte konnte sie sich von ihrer Altersrenten keine leisten und Gewinn warf die Landwirtschaft schon lange nicht mehr ab. Darum hatte Vater ja auch im Viehhandel sein Glück und Auskommen gesucht. Ein Gedanke, der mich nicht los liess. Tag und Nacht sinnierte ich darüber, was ich tun konnte, um meiner Mutter diese Situation einfacher machen zu können. Doch so eine Situation kann man nicht verbessern, sie ist einfach an sich schon schlecht. Die einzige Hoffnung, die ich hatte, war, dass meine Abschlussprüfung ein Spitzenresultat hervorbringen und ich die mediale Präsenz dazu nutzen konnte, um meine Aufgabe zu Ende zu führen.

Im Dorf begann ich bereits in Missgunst zu fallen. Polizisten waren nicht gerne gesehen, und solche, die in Ausbildung zum Polizisten waren, avancierten zum Feindbild schlechthin. Jeder hier auf dem Dorf hatte schon etwas getan, das nicht im Einklang mit den Gesetzen stand und die meisten von ihnen taten dies sogar mehr oder weniger regelmässig. Obwohl mich dies, da war ich mit Sicherheit anders als alle meine Lehrgangskollegen, überhaupt nicht interessierte, machte mein Umfeld keinen Unterschied und grenzte mich aus. Es kam schleppend und verstärkte sich mit jedem Monat meiner Ausbildung. Damit verstärkte sich bei mir auch der Wunsch wegzuziehen, den Leuten im Dorf, nicht dem Dorf selbst, den Rücken zukehren und in der grossen Stadt, die ich noch nie gemocht hatte, mein Glück zu versuchen. Gleich nachdem meine Ausbildung abgeschlossen war. Zürich war mein Ziel. Die grösste Stadt, die verhasste Stadt, die mit den arrogantesten Einwohnern, die heimliche Hauptstadt. Klein in der Grösse aber gross im Denken, überheblich und mondän. Eine Stadt mit dem Grössenwahn, sich mit den klangvollsten Metropolen dieser Welt zu vergleichen. Genau da sah ich mich.

Der Tag der grossen Prüfung kam, meine Nervosität mit ihm. Nach dem Aufwachen glaubte ich die abschliessende Prüfung unter keinen Umständen schreiben zu können. Meine

Hände fühlten sich an wie Wasserfälle, kalt zugleich, schmierig und leicht zittrig. Auf dem Weg ins Prüfungslokal, obwohl auf dem Campus der Polizeischule angesiedelt, konnte ich an keiner Toilette vorbeigehen, ohne diese aufzusuchen. Mit jedem Mal fragte ich mich, wie es möglich war, so viel Wasser zu lassen, ohne dabei zu verdursten. Die Knie waren weich und die Beine trugen mich nur knapp. So nah am Ziel aufzugeben, kam nicht in Frage. Ich schritt ins Lokal, eine Turnhalle, die ich von den vielen Kampfsportübungen bestens kannte, drückte mich seitlich ganz nahe an die Wand und gleitete derselben entlang. In der ganzen Halle standen Tische, fein säuberlich in Kolonnen aufgestellt, mit grosszügigen Abständen zwischen den Tischen, um ein Abschreiben zu verunmöglichen. Jeder Kandidat hatte einen Tisch zugewiesen und diese waren alphabetisch angeordnet. Bitterli war der zweite Tisch von links, in der ersten Reihe, zwischen Andenmatten und Blattmann. Nur noch wenige Meter trennten mich von diesem. Kaum hatte ich mich gesetzt, war die Nervosität weg. Mit einem Male war ich absolut ruhig, meine Hände trockneten ab und das Herzklopfen machte einem kaum noch fühlbaren Puls Platz. Ich wusste nicht, ob dies normal war oder ob ich nicht doch besser nach dem Campus-Arzt verlangen sollte, doch diesen Gedanken verdrängte ich so schnell wie er gekommen war.

Die Aufgaben gingen mir mit links von der Hand und ich schrieb und schrieb, blickte mich hin und wieder um, konnte die Verzweiflung und die Ratlosigkeit, die sich teils breit machte, direkt fühlen. Teils konnte man sie auch sehen, wenn man den anderen Kandidaten in die Augenwinkel blickte. Die anfängliche Verbundenheit zwischen uns Jungpolizisten war dem Konkurrenzdenken gewichen, jeder wollte besser abschliessen als der andere.

Als ich den letzten Punkt auf meinen Prüfungsbogen setzte, kritzelte und schrieb es um mich herum noch überall. Das Kratzen der Bleistifte auf dem Papier war bestens zu hören und beim genauen Hinhören konnte man gar eine Art Melodie hören. Amüsant. Ich versuchte alles noch einmal durchzulesen, merkte aber, dass sich meine Augen nicht mehr auf das von mir niedergeschriebene fokussieren konnten und so sass ich nur da und starrte Löcher in meinen Prüfungsbogen. Die Uhr zeigte an, dass noch eine gute Stunde der Prüfungszeit verblieb. Dann fasste ich mir ein Herz, griff meinen Bogen, erhob mich und machte mich auf zum Tisch des Prüfungsleiters. Der blickte mich mit leicht zur Seite geneigtem Kopf an, blickte zur Uhr, schüttelte dann kurz den Kopf und nahm meinen Prüfungsbogen an sich. Langsam verliess ich das Lokal, mitten durch die Tische schreitend, die Blicke der Kollegen auf mich gerichtet wissend. Auftritt Bitterli!

15

Der Winter war vorbei, der Sommer wieder im Lande und die Sommerferien hatten eben begonnen. Einmal mehr sass ich auf der Bank vor unserem Hof und sah dem gelben, stinkenden, röhrenden Motorrad zu, das sich langsam die gewundene Strasse bis zu unserem Hof hinauf quälte. Pius war unterwegs zu uns und ich spürte, er würde die Prüfungsresultate der Polizeiabschlussprüfung bringen. Etwas anderes konnte es nicht sein. Wie ein kleines Insekt auf der Suche nach Nektar sah es aus, wie eine summende Mücke, die sich die beste Position für ihren nächsten Stich sucht. Er war nur noch wenige Meter weg, fuhr wie immer ohne Helm und kam direkt auf mich zu. Pius, der früher immer mit mir geredet hatte, würdigte mich keines Blickes mehr und mir war das egal. Keine Regung bei mir spürbar. Vielleicht hatte er mir das Verhalten damals, als Hannes in Untersuchungshaft sass, auch immer noch nicht verziehen. Er reichte mir wortlos den Bogen zum Unterschreiben, danach den Brief, einen dünnen Umschlag mit einem amtlich anmutenden, stilisierten Löwen darauf. Hastig riss ich den Umschlag auf, schnitt mir dabei seitlich in den Finger und verschmierte alles mit Blut. Der Atem stockte, als ich das Resultat zu Gesicht bekam: Jahrgangbester. Mehr brauchte ich gar nicht zu suchen, es war mir klar, dass ich damit auch bestanden hatte.

Der Trubel liess nicht lange auf sich warten. Die Presseabteilung der Kantonspolizei Luzern besuchte mich zu Hause, weil sie einen Artikel über mich schreiben wollten und die Luzerner Neue Nachrichten schrieben im Lokalteil einen grossen Artikel über mich. Damit war die Bühne gebaut, auf der ich auftreten wollte.

Alle lud ich sie ein, meinen Chef, Vollenweider, Vertreter der Presse und natürlich auch den Polizeidirektor, meine Mutter und alle meine Freunde. Die Zusagen trudelten gleich bündelweise bei mir ein und der Platz auf dem Hof drohte eng zu werden, so dass ich den Bornhauser anfragte, ob man diese kleine Feier nicht in seinen Saal verlegen könne. Man konnte.

Der Saal füllte sich, dann überfüllte er sich und schliesslich waren viel mehr Menschen da, als ich geladen hatte. Nun war ich wirklich nervös.

»Liebe Anwesende, schön dass ihr alle hier seid. Vielen Dank für all die Glückwünsche zur bestandenen Abschlussprüfung, die ich aber eigentlich schon vor Monaten bestanden habe und ihr alle seid hier, um mit mir zusammen beide Abschlussprüfungen zu feiern.

Damals, als mein Vater meiner Mutter und mir entrissen wurde, hatte ich mir und vorallem auch ihm geschworen, dass ich nicht ruhen würde, bis ich dieses Verbrechen aufgeklärt haben würde. Zu keinem Zeitpunkt hatte ich an einen Suizid geglaubt und alle, die meinen Vater gut genug kannten, wissen warum. Als man mir eröffnete, dass man einen Abschiedsbrief gefunden hatte, die Schrift aber nicht zu einhundert Prozent meinem Vater zuordnen konnte, wurde ich schon stutzig. Noch nachdenklicher wurde ich, als Kommissar Vollenweider mir eröffnete, dass die gefundene Waffe unter keinen Umständen die Tatwaffe sein könne, da die im Körper gefundenen Kugeln nicht durch den Lauf des Karabiners passen würden. Es war also Mord. Ein Mord, der dreister nicht hätte sein können, denn der Karabiner, den man neben meinem Vater fand, war einer aus seiner privaten Sammlung, was hiess, dass der Mörder sich Zugang zur Sammlung verschafft hatte. Diese Sammlung befindet sich in meinem Elternhaus, somit hat der Mörder also mindestens einmal auch einen Einbruch begangen.«

Ich hielt einen Moment inne, trank einen Schluck und liess meinen Blick über die Anwesenden schweifen, um festzustellen, ob es bereits irgendwelche Reaktionen gab. Die Journalisten schrieben fleissig mit, die anwesenden Radioreporter rückten ihre Mikrofone in Position, so wie ich eben meinen Computer mit dem Beamer verband und diesen korrekt auf die Leinwand ausrichtete.

»Heute werdet ihr alle Zeugen werden, wie dieser seit über einem Jahr nicht geklärte Mordfall endlich geklärt und mein Vater rehabilitiert wird. Dafür, dass ihr diesen für mich und das Dorf grossen Moment mit mir und der Dorfbevölkerung teilt, danke ich Euch.

In unserem Dorf gibt es eine Unterwelt, eine Gruppe von Menschen die sich alles erlauben kann, weil sie zusammenhält. Wissen ist Macht und geteiltes Wissen ist noch mehr Macht. Hat man dazu noch Zugang zu Informationen, die vertraulich und sehr persönlich sind, dann ist Wissen sogar allmächtig. Genau dies war und ist der Schlüssel zu diesem dreisten Mord. Aber alles von vorne. Mein Vater war kein Heiliger, er hatte gute Geschäfte gemacht und diese teils vor der Steuer zu schützen gewusst, was irgendwann einmal unserem sehr verehrten Finanzvorsteher, Urs Hablützel, aufgefallen war. Dies machte meinen Vater erpressbar und Herr Hablützel nutzte dies schamlos aus. Immer mehr forderte er und hatte irgendwann auch die Dreistigkeit, sich bis in unser Haus zu wagen, um seine Erpressungsforderungen einzutreiben. Das war aber nicht alles. Mein Vater war auch immer wieder an den Spielabenden hier in der Sonne beteiligt, die erst ganz öffentlich, dann in einem Nebenraum und hinter verschlossenen Türen stattfanden. Natürlich waren diese illegal, Hablützel war nach einer Weile auch hier mit von der Partie, setzte gleichzeitig aber auch den Gründer dieser Spielabende, Pfarrer Gründler, unter Druck und erpresste Schutzgeld von diesem. Gründler wiederum suchte Hilfe bei Vollenweider, der alles unternahm, um das Ansehen des Pfarrers in der Gemeinde zu schützen. Dadurch kam Gründler zu Wissen, wer, wie und wo mit Drogen handelte und nahm Kontakt zu diesen Kreisen auf. Er unterhielt letztlich einen gutgehenden Handel mit illegalen Substanzen. Ich weiss, viele werden nun sagen, dass dies an den Haaren herbei gezogen sei.

Diese Bilder hier und die Abrechnungsaufzeichnungen zeigen ein anderes Bild. Gründler liess sich den Drogeneinkauf teils durch die Topfkollekte und teils durch Spenden der Kirchgänger finanzieren. Da er aber aus der Beichte auch wusste, dass Hablützel seine Spielsucht auch schon mit Geldern aus der Gemeindekasse finanziert hatte, hatte auch er ein Mittel, Hablützel im Zaum zu halten. Das Leben mit Geld machte Spass und so wurde der biblische Singkreis ins Leben gerufen. Ein Kreis einflussreicher Zeitgenossen in unserer Region, die alle beeinflussbar wurden, weil sie entweder bei der Beichte persönliche Dinge erzählt oder ein Verfahren der Steuerbehörde am Hals hatten. Der Singkreis lief dann aus dem Ruder, es gab Vergewaltigungen auch in der Gruppe und immer mit dabei Gründler und Hablützel, Vollenweider wusste davon nichts. Gründler plante schon lange ein Leben in Südamerika, inmitten von Frauen und Drogen und mit genügend Geld, deswegen betrieb er auch einige Webseiten mit einschlägigem Bildmaterial, alles gesteuert aus seiner Kommandozentrale, dem Beichtstuhl. Mein Vater wusste von den Vergewaltigungen, den Drogengeschäften und wollte nicht länger zusehen. Er wurde aus dem Singkreis ausgestossen, begleitet von diversen Drohungen. Damit haben wir zwei hochgradig verdächtige Subjekte, die für den Mord an meinem Vater ein Motiv haben können. Es gab auch Orgien im Pfarrhaus, als Chorabende getarnt. Zu denen war Vollenweider immer gekommen, logischerweise musste er dazugezogen werden, damit man nichts gegen den Organisator unternehmen konnte, Pfarrer Gründler. Dieses Wissen kam auf Abwegen zu mir. Wir wissen jetzt, dass vermutlich Hablützel eine Chance gehabt hatte, den Karabiner zu entwenden. Vor einigen Monaten konfrontierte ich Vollenweider dort drüben in der Ecke damit, dass er regelmässig an den Orgien teilnahm, was er vehement verneinte, mich als Lügner darstellte und schnaubend den Raum verliess. Er führte mich direkt zum Resultat meiner Ermittlungen, ohne dies selber zu wissen, aber sehen sie selbst.«

Mit einigen wenigen Klicks startete ich die Aufnahmen der Überwachungskameras, die das Pfarrhaus überwachen. Man konnte Vollenweider sehen, wie er zum Pfarrhaus stürmte, ohne zu klingeln eintrat und direkt ins ebenso videoüberwachte Arbeitszimmer Gründlers stürmte. Was dann kam, hatte ich selber noch gar nicht gesehen, aber es war für mich dermassen klar, dass ich keine Überraschungen erwartete.

»Gründler, wir müssen reden.«
»Was ist denn los? Du kannst doch nicht einfach so hier hereinplatzen.«
»Doch, ich muss… Der kleine Bitterli weiss mehr, als du meinst. Er weiss alles. Tutti.«
»Was willst du damit sagen?«
»Er weiss von den Spielabenden, unseren Chorabenden. Wir müssen etwas unternehmen, um nicht aufzufliegen.«
»Wer würde ihm schon glauben. Er hat keine Chance. Und wir haben alles richtig gemacht. Wenn jemand auffliegt, dann nur der Hablützel. Seine Kandidatur als Gemeindepräsident ist tot. Genauso wie der alte Bitterli. Wer würde denn schon glauben, dass ein angesehener Hüter des Gesetzes wie du, August, einen Mord an einem so belanglosen Mitbürger wie dem Bitterli begangen hat? Niemand. Du hattest einen Auftrag zu erfüllen und den hast du bestens erfüllt. Jetzt musst du mir nur noch helfen, meine grosse Reise nach Brasilien zu organisieren, dann wird alles gut.«

An dieser Stelle stoppte ich die Videoaufnahmen, der Saal war schon länger unruhig. Vollenweider, der in der ersten Reihe gesessen hatte, wurde von zwei anwesenden Polizisten festgehalten, ein bisschen weiter hinten schnappten die Handschellen um Gründlers Handgelenke zu. Hablützel versuchte zu fliehen, aber Aegerter konnte ihn zu Fall bringen und gemeinsam mit einigen anderen meiner Freunde konnten sie ihn festhalten.

Vollenweider hatte einen Auftrag zu erfüllen gehabt und ich hatte meinen soeben auch erfüllt. Als Jahrgangsbester.